草月
译谭

KOIZUMI YAKUMO
小泉八云

吉林出版集团股份有限公司

和风之心

杨维新 译

图书在版编目（CIP）数据

和风之心 /（日）小泉八云著；杨维新译. —长春：吉林出版集团有限责任公司, 2011.7
（草月译谭）
ISBN 978-7-5463-6065-2

Ⅰ.①和… Ⅱ.①小… ②杨… Ⅲ.①散文集–日本–现代 Ⅳ.①I313.65

中国版本图书馆CIP数据核字(2011)第143473号

和风之心

著　者	[日]小泉八云
译　者	杨维新
出品人	周殿富
创　意	吉林出版集团·北京汉阅传播
策　划	猫头鹰工作室
责任编辑	周海莉　陈　溪
装帧设计	未　氓
开　本	650mm×960mm　1/16
印　张	18
插　页	2
版　次	2011年9月第1版
印　次	2016年6月第2次印刷
出　版	吉林出版集团有限责任公司
发　行	北京吉版图书有限责任公司
地　址	北京市宣武区椿树园15—18号底商A222
	邮编：100052
电　话	总编办：010-63109462-1104
	发行部：010-63104979
网　址	http://www.jlpg-bj.com/
印　刷	北京航天伟业印刷有限公司

ISBN 978-7-5463-6065-2　　　　　定价：39.80元

版权所有　侵权必究

前　言

对于今天大多数中国读者来说，小泉八云（Lafcadio Hearn，1850—1904）这个名字已经十分陌生了。这位 1850 年出生的作家曾与陀思妥耶夫斯基（Fyodor Dostoyevsky）、莫泊桑（Guy de Maupassant）、马克·吐温（Mark Twain）呼吸同一个时代的空气，在同一个时代写作。不过和他们几位相比，小泉八云则更显得默默无闻。然而从清末算起，在近半个世纪的中国近代文化史上，小泉八云却扮演了很少有人可以比拟的角色。在日本，小泉八云作为《怪谈》、《古董》的作者，深受人们喜爱。他是"浪漫的诗人"，是"风格多变的文人"，是"最能理解大和之魂的外族人"。作为西方人，小泉八云的文字深得东方的意境，这也许是只有艺术家才能有的心灵。小泉的文字疏懒，在日本的文学家中，有这种末世颓丧风格的也不过就是川端康成、谷崎润一郎、永井荷风等少数几个人而已。比较新近出版的一部传记《徘徊的魂灵》的作者乔纳桑（Jonathan Cott）用令人兴奋的笔调写下他的读书体验："不久我就发现拉夫卡迪奥·赫恩不像对于他的陈腐的评论所说的那样，仅在日本发挥了他随笔家的才能，写出了凝聚其思想的散文（《空想与其他的幻想》），他不仅是写出了这部作品的作家，不光是作为一个新闻记者，作为小说家、评论家、翻译家、民俗学者、英国文学家和日本佛教的阐释者，他都留下了辉煌的业绩。"

"小泉八云"（Koizumi Yakumo），原名拉夫卡迪奥·赫恩（Lafcadio Hearn），1850年6月27日生于希腊爱奥尼亚群岛中的桑塔莫拉岛（现在的勒夫卡斯岛）。当时该岛受英国统治，赫恩的父亲就是英国守军中的一名爱尔兰军医，母亲则是希腊人。据说在其父系血统里有吉卜赛人的血脉，赫恩常为此自豪。五岁时因父母离异，遂被父亲的一位富裕姑母收养。1863年，赫恩进入萨利郡达拉姆市郊外的圣卡斯帕特神学院（现在的达拉姆大学）学习。少年时的赫恩快活顽皮，作文成绩总是名列前茅。他也是恶作剧的能手，在一次游戏中被飞来的绳结误伤左眼以致失明，这在他一生中都留下了阴影。不久，姑母破产，赫恩曾被送往法国学习，由此打下了法文的基础。其后他不得不自行谋生，19岁搭乘移民船只身远渡美国，在新大陆生活了21年，度过了人生中最困苦的时期，同时亦是为生存、为文学创作拼搏奋斗的时期。生活在社会的底层，赫恩目睹了美国社会大工业文明的种种阴暗与腐朽,这些体验在他的人生观上刻下了不可磨灭的烙印。

1890年,步入中年的赫恩作为纽约哈泼出版公司的特约撰稿人乘坐阿比西尼亚汽轮前往日本,4月4日抵达横滨。当时,他来到远东这个神秘的国度只是为了寻求创作的灵感及新鲜的文学素材,未曾设想就此结束半生的漂泊而终老于日本。经著名语言学家、《古事记》的英译者张伯伦(Basil Hall Chamberlain)教授的推荐,赫恩在岛根县松江市普通中学及师范学校得到了一个英语教师的职位,从此开始了在日本的生活、写作的后半生。

岛根县古称出云,是日本古代神话的发祥地。松江地处偏僻,明治时期欧化的风潮还未曾波及,故一般民众生活中仍然保留着古朴自然的风貌。赫恩为这种朴素的民俗及庶民日常中的宗教情感深深打动。根据在松江的经历及素材,赫恩写成了来日后的第一部作品《陌生日本的一瞥》。在松江生活期间,赫恩与士族小泉家的女儿节子结婚,不久,长男一雄出生。为了使自己去世后的遗产能够留给在日本的妻儿,他决定入小泉家为养子,入籍日本,取名小泉八云。从1890年到日本至1904年去世为止,他在日本生活了14年。在这期间又几经辗转迁移。1891年年底小泉八云告别松江,移至熊本第五高等中学任教直到1894年10月。此时中日甲午战争爆发,小泉八云一方面赞赏日本人举国一致投入战争的热忱,同时亦看到新兴日本露骨的功利主义、知识官僚阶层的浅薄、国粹主义的反动,因而他的日本观亦发生了深刻变化。辞掉教职后，小泉八云迁至神户，曾一度担任一家英文报 Kobe Chronicle 的主笔，但因眼疾加甚遂作罢。在神户期间，他完成了两部重要著作：《来自东方》与《和风之心》。

1896年再次经好友张伯伦的推荐，小泉八云应邀赴东京帝国大学担任文学部讲师，教授西洋文学，为时六年。1903年，小泉八云被东大解雇，此后曾准备赴美讲学，但因故未能成行。1904年初，小泉八云接到早稻田大学的招聘，至同年9月在早大讲授英国文学史。9月26日因心脏病发作而去世。

小泉八云的写作生涯以赴日前后为界，可以分为美国与日本两个时期。在美国他先后于西部俄亥俄河畔的辛辛纳提和南部都市新奥尔良做报馆新闻记者，期间写下了大量报道、特写、随笔、人物素描、社会短评、讽刺杂文以及有关法国当代文学的翻译、批评文字。他是最早向美国读者介绍了莫泊桑、福楼拜（Gustave Flaubert）的人。这些文字在他去世以后经爱好者莫德尔（Albert Mordell）收集整理，其中一部分已经结集出版，像《东西文学评论》（Essays in European and Oriental Literature，1923）、《美国杂录》（An American Miscellany，1924）、《西洋落穗集》（Occidental Gleanings，1925）。

小泉八云生前在美国出版的著作有以下几种：1884年刊行的《奇异文学落叶》（Stray Leaves from Strange Literature），内容大都取材于东方的逸闻、传说。《中国灵怪故事》（Some Chinese Ghosts）出版于1887年，这部小书收录了六个短篇，大多根据法译本改写润色而成。1890年3月，在赴日前夕，哈泼出版公司刊行了他的纪行作品《法属西印度的两年》（*Two Years in the French West Indies*）。这是根据在法属西印度群岛的生活体验写下的纪行散文集，包括人物素描、批评小品、体验报告，体裁丰富而多变。这几部著作足以代表或暗示小泉八云赴日后的创作特点及倾向。

日本时期可称作小泉八云写作的丰熟期，主要作品有：《陌生日本的一瞥》（*Glimpses of Unfamiliar Japan*，1894）、《来自东方》（*Out of the East*，1895）、《和风之心》（*Kokoro*，1896）、《佛国的落穗》（*Gleanings in Buddha-Fields*，1897）、《异国风物及回想》（*Exotics and Retrospectives*，1898）、《灵的日本》（*In Ghostly Japan*，1899）、《阴影》（*Shadowings*，1900）、《日本杂记》（*A Japanese Miscellany*，1901）、《古董》（*Kotto*，1902）、《怪谈》（*Kwaidan*，1904），以及晚年日本研究的集大成之作《日本：一个解释的尝试》（*Japan: An Attempt at Interpretation*，1904），几乎每年一册。小泉八云作为文学家的名声亦以这一时期的著作奠定。

最后还应提及的是，小泉八云去世后，他在东京帝国大学的西洋文学讲义经门生整理在纽约出版，即哥伦比亚大学阿斯金（John Erskine）教授编纂的两卷本《文学的解释》（*Interpretations of Literature I, II*）。此书中的不少章节在20世纪30年代曾被译介到中国。小泉八云并非学者，而他以作家的感性评诗论文，亦可见其批评家、文学史家的功力与见识。

小泉八云十分推崇《朝鲜》（*Choson*）和《远东之魂》（*Soul of the Far East*）的著者洛厄尔（Percival Lowell），并在写给张伯伦的信中叙述了洛厄尔的书如何陪伴他旅行，以及从作品中感到的喜悦。不过小泉八云清楚地意识到彼此方法的不同。他同意张伯伦的看法，即洛厄尔未能亲近百姓，而自己只有躬行洛厄尔未能做到的方法——入乡随俗，采纳日本的衣食住行，习熟其礼仪风俗，才能体会到一般民众的"心"。

小泉八云从底层观察日本社会的方法，与今日文化人类学、民俗学的方法颇为相似。做了小泉家的养子之后，他便与一个二十多人的大家族朝夕相处。他细致观察家族中的许多成员，并在写给友人的书信中作了直率、饶有兴味的描绘。这些书信本身就是一种"参与观察"的记录。当然，小泉八云对日本的认识也经历了一个由表及里的过程。从初期的《陌生日本的一瞥》到晚年的《日本：一个解释的尝试》，小泉八云的日本观从浮薄渐至沉稳，从情绪的宣泄渐至理智的分析，产生了深刻的变化，但却有一个低音旋律贯穿始终——对无可挽回的、行将灭亡的旧日本的惋惜和惆怅；对无法阻拦的、咄咄逼人的新日本的厌恶和不安。于旧日本中，他寄托了自己所追求的道德理想，而新日本的背后，所潜伏的无疑是吞噬人类良知、不道德的外来文明。所以说小泉八云的日本论是与对西方社会的批判互为表里的。考察这种文明批判，我们可以从他的人生经历中找到线索。

1893年8月30日，小泉八云写给张伯伦的信中有这样一段话：

> 我并非没有意识到天主教信仰的魅力。你知道我总是怀着亲昵的感情叙述这些。但是我无论如何也不能将被称作基督教的东西与我在这世上有生以来所经历的那些伪善、残忍、邪恶分开；与那些司空见惯的恶习、司空见惯的郁闷，那些丑恶、肮脏的禁欲苦行、阴险的权谋术以及无耻的愚弄儿童心灵的所作所为分开。

在这些激愤之词的背后，可以想见他苦涩的体验。

小泉的代表作《和风之心》，其中题为《一个守旧者》（A Conservative）的一篇长文，描写一位在封建制度下出生的旧武家子弟如何皈依基督教，然后出国留洋，在目睹了西方社会的种种现实之后，又如何回归祖国的传统文化。人物的原形是小泉八云的挚友雨森信成，亦可看做是小泉八云的化身。文中借人物之口表现的思想观点、纵观东西两种社会的观察，可以说是小泉八云个人体验的总结。他未赋予人物姓名，只采用第三人称he，因而倒可以当做一篇思想论文来读。下面一段译自其第七节：

然而西洋科学的理论，这他晓得是无可争辩的，使他确信着这种文化的力量将越加扩大，正如世界若得不可抵抗、不可避免、不可测量的洪水将要越加扩大起来一样。日本须得学习这个新形式的行动，须得精通这个新形式的思想，不然便须得完全灭亡。这儿是没有第三条的道路可走的。他这样一想，一切的疑问中的疑问便油然而生了，那是一切的圣贤不得不过着的疑问："宇宙是道德的吗？"对于这个疑问，佛教答复得最深远。

然而这宇宙的演进不管是道德的或非道德的，那不过是用人类最微小的感情来测量的罢了。在他，一个为理论所不能够破坏的确信还是存在着的：就是，纵使日月星辰要对他提出抗议，他也是确信着人类是应该尽力向未知的终点追求最高的道德理想的。日本在必要上不得不精通外国的科学，和多多地采用敌人的物质文明；然而无论怎样必要，它也不能够把它固有的正邪的观念、义务和名誉的理想全部抛弃。一个决意在他的心中渐渐地形成了起来——这决意使他后日成为一个领袖和导师：极力保存历代传下来的国粹，大胆地反对那些在国民的自卫上不必要的事物，或是不能帮助国民自己发展的事物之介绍。或许他要失败吧，但那不足羞耻；而且他最少也可以希望

前　言

　　从崩坏的旋涡中救出一些有价值的东西来。

　　与人们的印象恰恰相反，小泉八云其实是一个颇有深度的作家。漂泊了大半生，辗转到了日本的他在痛恨西方文明的冷酷、贪婪与伪善的同时，也预见到这种"文明的力量"也许将风靡世界，正因为如此，这个东方国家就像前世与他结了缘的"乌托邦"。

　　日本似乎是小泉八云灵魂宿命的故乡，他一到那里，便熟知了日本的一切，他不仅向西方介绍了日本的宗教信仰、风俗习惯，而且向西方揭示了日本的心——远东民族的心。他对日本的平民阶层特别有亲切感，他深深明白"那些披着蓑衣戴着斗笠耕田养蚕的农夫才是这个奇异帝国的基础"。但是，不久，他也看到了不得不投身于欧化的汹涌浪潮中的明治时期的日本人的苦恼与烦躁。这位注视着世纪巨变期的尖锐的文明批判家埋头于万物有灵论的鬼魂世界。他的一部描绘日本的"原野风景"的作品，作为用英语写下的明治文学，作为洞察近代日本人精神世界的历史记录，作为触及了深层民族体验的个人与历史的对话，至今仍具有现实意义。但是，他的文字是具有主观性的，他的文章在被解读时已经深深地带上了近代日本的历史性的、社会性的印记，因而作家的声音在不知不觉中被冲淡了，并逐渐随着席卷日本的国际实务论的消长，或者是日本局势的变化而被不断地诠释开去。国内外的部分作者对于小泉八云有所避忌，恐怕也是这个原因。他的作品中对日本文化的过度赞誉以及对日本之"独特性"的鼓吹，为日本帝国时期的国家主义、民族主义发展起到了重要的推动作用。

诚然，在作家的标准、作品的知名度或者说对近代中国的影响力等诸多方面，比小泉八云更受读者喜爱的作家还有很多。然而，在从清末开始近半个世纪的中国文化思想史中，还有谁能像小泉八云那样能有那么多彩的风格、用诸多文脉来表达思想、作品能被用不同的语言阅读？小泉八云的文学作品在中国的读书界广受欢迎是在20世纪30年代。以小泉八云的"汉字名"为人所知的这样一个作家，随着时间的推移，也向我们展现了他多彩的变化。譬如，作为一个拥有抒情诗人般同情心的东方解释者，作为无比热爱日本文化的亲日家，作为一个领会了热情而巧妙教学法的西洋文学讲授者，作为开创了国民性研究道路的先驱者，作为留下了富有异国情调名作的随笔家，有时又是呼吁中日友好、宣传国策文学的装潢招牌，等等。

从他的多方面才能和广泛的创作来看，小泉八云为何能用各种文脉来表达思想，这在近代中国有某种程度的说明。当然作家去世后出现的这些脚本，本人不得而知，但是中国文坛以及读者与小泉八云的结识应该载入中国近代文化史中。

小泉八云出生的年代刚好是19世纪过半的1850年。提起19世纪后半期，大事不断：在伦敦（1851）、巴黎（1855）相

前言

继召开万国博览会；达尔文的《物种起源》（1859）引起轰动；马克思完成了《资本论》第一卷（1867）；19世纪首次出现"人种"这一概念，人们从未有过地慢慢认识到了不同民族文化间的差异；与此同时，经济的发展与思想的传播也扩大到全球规模。这一时期正是世界史时代的开幕期。

小泉八云去世的1904年正值日俄战争。接着大约十年后，第一次世界大战爆发，人类经历了前所未有的灾难。之后由对大战的反省衍生了东西文明的对话，人们意识到要融合东方与西方的文明，也可以说是要迎来世界史时代。小泉八云虽然是一位出生在西方的作家，却能触及东方人的心弦，洞察其灵魂深处，他就是在这时作为一位"东方的解释者"出现在中国读者面前的。在被称为"西方的世纪"，西方的文明优越于东方的时代，小泉八云能做到对"本土"文化的深入观察不是一种偶然，这也许跟他个人的经历有很深的关系：他在希腊出生，在都柏林度过少年时代，又扬名于美国，接着在法属西印度各岛采集民俗，最后终于走到远东的日本；最重要的是，他是一个认同泛灵论的作家。他幼年时期经历的灵异事件自不用说，他在美国南部的防波堤听到的黑人歌曲，以及在马提尼克收集的西班牙民谣都能听出无数灵魂的声音。来到日本以后。他又深深地被日本民俗所吸引，他躲在草和叶子的背后倾听。也许正是因为如此，一位素未谋面的盲女的歌声在身为外国人的小泉八云心中引起了共鸣，可以说，小泉八云的思想和文学已经跨越了人种与文化的壁垒，是有志于"超越了一个民族经验的总量"的人类普遍性的思想文学，小泉八云本身也没有局限于一种固定的价值观，他致力于多方面、多角度地观察，是一位活跃在世界史时代的作家。他明确地认识到文化与人种的差异，同时理解这种对象的异质性，又不沉迷于此。可以说想要吸收不同文化的小泉八云的这种生存方式是无意识的，但是他预见到当今世界的状况：人们讨论文化的多元化与统一性、相对性与普遍性；异质文化的共同生存也作为课题被提出。

拉夫卡迪奥·赫恩一生最后的几十年是以"小泉八云"的名字在日本度过的，而且作家赫恩的名气也源于这一时期。当然，在中国谈小泉八云，以及小泉八云在中国的命运，也从某个侧面证实了近代中日关系的消长盛衰。

拉夫卡迪奥·赫恩所记载的有关明治时代的日本，包括自然、民俗、诗歌、艺术等许多方面，而这些对于往往忽视日本文化独创性的中国读者来说，确实是很新鲜的。其鲜活的感情、细致的观察，以及独特的分析都给中国人研究日本带来了不少的刺激。近代中国的知日派都从小泉八云的著作中受到了很大的启示和影响。

到了20世纪30年代后半期，随着中日关系的恶化，以"了解敌人"为目的的研究日本的热潮出现了。于是小泉八云作为全面了解日本人想法的知日派前辈受到瞩目。接着抗日战争的全面爆发更将一种意想不到的身份强加于小泉八云身上。在日本占领期间所发行的杂志等书刊上处处可见小泉

前　言

八云的名字。"亲日家"这样一种印象一直存在，因此"小泉八云"这个名字正好成了一种掩饰和幌子。另一方面，抵抗日本侵略的共产党将拉夫卡迪奥·赫恩的日本研究中可取的部分，例如应该说是其"集大成"的遗著《日本：一个解释的尝试》的中文译本登载在共产党地下组织所控制的杂志上，这也是意义匪浅的事实。对于"战时下的小泉八云"的研究不仅对于占领期文学的解读，而且对日本近代思想史，也从意想不到的侧面起到了很大的作用，与此同时也有助于正确把握一直只强调他"诗人"这一面的拉夫卡迪奥·赫恩所做的日本研究。

拉夫卡迪奥·赫恩是活跃于世界史时代的作家。总之，挖掘小泉八云与近代中国的关系能够客观地认识到这位作家——一位近年来被重新看待，敏锐地看到了世纪末的转变而作出文明批判，以及创造了丰富而且错综复杂的作品的作家，在世界史上的意义，也能成为照亮这些成就的光源。

目录

前言 …… 一

和风之心 …… 〇〇一
在火车站 …… 〇三一
日本文化的特质 …… 〇三三
街头卖唱者 …… 〇七九
节录旅行日记 …… 〇九一
阿弥陀寺的尼姑 …… 〇九九
阿春 …… 一一三
趋势的一瞥 …… 一一九
因果的力 …… 一二九
一个守旧者 …… 一三一
在神佛的微光中 …… 一三九
前世的观念 …… 一六三
虎列剌流行时 …… 一六九
关于祖先崇拜的感想 …… 一七三
君子 …… 一九七

三个俗谣 …… 二一一
俊德丸的俗谣 …… 二一三
小栗判官的俗谣 …… 二二九
青菜店老板的女儿阿七的俗谣 …… 二六七

和风之心

在火车站

　　昨天从福冈来了一份电报，报告在那儿被捕的一个亡命的犯人，为着今天的审判，将在正午到站的火车被送到熊本来。一个熊本的警察为着护送那犯人到福冈去了。

　　四年前有一个强盗在夜间侵入相扑街的某家，恫吓和绑缚了那家人，把许多的贵重品劫夺走了。然而因警察巧妙的追踪，那强盗在二十四小时内——在没有工夫处置他的赃物之前，便被捕着了。但是在他被送到警察局去的途中，他把桎梏破断，夺了擒获者的剑，把他杀死，又逃走了。从此以后直到前礼拜，关于那强盗更详细的事情，便什么也不晓得了。

　　那时熊本的一位侦探偶然去视察福冈的监狱，在囚人们之中。看到了四年间好像照相似的烧印在他脑皮上的一个脸相。"那个男子是谁？"他问了守护者。"一个盗贼，"答复的是这样，"登录的名字是草部。"侦探走近那囚人去，说：

"你不是姓草部的。野村贞一,你是个杀人犯,熊本县正要找你。"于是那重犯把一切都告白出来了。

我为着要目击那强盗到火车站的情形,和一大群的人去了。我猜想会听到愤怒的声音和看到愤怒的情状;我并且还恐怕会有暴动的事发生。那被杀害了的警察是很受着人家的爱戴的;他的亲戚一定也在观众的中间吧;而且熊本的民众是不很温和的。我还想会看到许多的警察临场戒备。然而我的预料全都错误了。

火车在匆忙和骚扰的照常的情景中,在穿着木屐的旅客们的疾走和滴滴答答的足音中,在叫卖《熊本新报》和柠檬水的小孩子的呼喊声中停止了。我们在栏栅的外边差不多等了五分钟之久。然后,看到那犯人被一个警卫从小门推了出来——一个垂着头,两手被绑在背后的、模样野蛮的大汉。犯人和警卫一起停止在小门的前面;于是人群拥挤着向前去看——然而静静地。那时候警卫喊出来:

"杉原君!杉原O-Kibi!在这儿没有?"

一位背着小孩儿站在我身边的纤小的女人,答道:"哈呀!"在群众中挤着前进。这女子便是那被杀者的妻子,女人背着的小孩儿便是他的儿子。在警卫的一摇手之下,群众便倒退着,于犯人和警卫的周围让出一块空地。来到这空地内,那背着小孩儿的女人和杀人犯面对着。四围如死一样的沉静。

一点都不是对女人,而只是对着那小孩儿地,那警卫说起话来了。他低低地说,然而很明了,所以他的片言只语我都听得出来:

"小孩儿,这个便是四年前杀死了你的父亲的男子。那时候你还没有生下来;你是在你母亲的胎里的。现在你没有父亲来爱你,便是这个男子的所为。瞧着他(在这里,警卫把一只手放在犯人的颚边上,严厉地强迫着他抬起眼睛来),仔细地瞧着他,小孩儿!不要怕。这是苦痛的事,但是你的义务哦。瞧着他!"

那男孩儿从母亲的肩上,好像害怕着似的睁开大眼睛凝视着;于是开始啜泣;于是眼泪掉下来了;然而他还是凝然不动地,顺从地瞧,瞧——瞧,直瞧入那畏缩着的脸孔。

群众好像停止了呼吸的样子。

我看见犯人的容貌扭歪;我看见他不管身戴镣铐地突然投身跪下去,把头部在尘土中叩着,发出一种震动人心的,悔恨之情到极时的嘎哑声来了:

"赦罪!赦罪!请赦我的罪,小孩儿!我做出了那样的事——并不是因为怨恨,只是因为太恐怖,因为一心只想逃走。我真是恶极坏极!我真是对你做出了不可形容的大罪过!但现在我要为着我的罪去死。我愿意死!我欢喜死!所以,哦,小孩儿,请可怜我!赦我的罪吧!"

小孩儿还是细细声地哭着。警卫把在战栗着的罪人拉起来;沉默的群众左右分开,让他们从旁边通过去。然后,极其突然地，全部的群众都歔欷啜泣起来了。而当那太阳晒黑的护卫者从身旁边通过的时候，我看见了从前未尝看过的——人们绝少看过的——恐怕我永远再不会看到的一样东西，就是日本警察的眼泪。

群众退散了，剩我留在背后默想这个情景的不可思议的教训。这儿有不逸出常轨的正义，那由罪恶最简单的结果的感动人心的目击现状，使你认识罪恶。这儿有绝望的悔恨，那在死之前只祈求着宽恕。这儿有民众——在愤怒时恐怕是帝国内最危险的民众，那是理解一切，被一切所感动，满足于悔恨和惭愧，而且因为有着人生的苦难和人性的弱点之简单深刻的体验，所以不充满着愤怒，而只是充满着对于罪恶的大悲哀。

但在这个插话中的最重要的事实，因为是纯东洋的，是诉诸罪人的父道的感情，诉诸成为每个日本人的灵魂的大部分的对于小孩子的潜在的爱，而促进悔恨这回事。

有这样的一个故事：就是在日本盗贼之中最著名的石川五卫门，有一次在夜里侵入一家，要杀害而盗劫，被一个伸手给他的小孩儿的笑容所迷，竟留着和那小孩儿玩耍，终于把一切实行他的目的的机会都失掉了。

要相信这个故事是不难的。每年警察的记录都告诉我们专门的盗贼们对于小孩儿表示爱的例子。数月前地方新报曾记载过一个可怕的杀人事件——盗贼杀害了全家人的事件。七个人,在睡着的时候被砍成肉酱了。但是警察们发现了一个完全不受伤害的小孩儿独在一堆血泊中哭着,而且他们发现了的确无疑的证据,那是证明杀戮者们为着要不伤及那小孩儿一定花了很大的心思的。

明治二十六年六月七日

日本文化的特质

一

不失一舰不败一战，日本打败了中国的势力，建设了一个新高丽，扩张了它自己的领土，而把东方的政治局面完全改变了。这个可惊的事实似乎是在政治的方面，但更堪惊叹的是在心理的方面；因为这是表明向来为诸外国所不相信的日本民族能力的一个大活动的结果，而这种能力是程度很高的能力。心理学家晓得所谓"西洋文化的采用"，在仅仅三十年的时间，是不能够把从来所没有的任何机能附加在日本人的脑筋中的。他也晓得那是绝不能使日本民族的心性或德行起什么急遽的变化的。像这种的变化在一代之中不能造成。传导来的文化影响得要缓慢很多，必须有数百年的时日，才能够生出某种永久的心理的效果来。

从这个观点看起来，日本似乎是世界中最异常的国家，而在它（日本）的欧化的一切插话中，最可惊异的就是国民的头脑能够耐着这样沉重的震动。这事实虽然在人类史上是没有比类的，但这到底是什么意思呢？那不外乎就是把既存的思想机关的一部分修改罢了。此事，在几千勇敢的青年心中也已经是致命的苦痛了。西洋文化的采用绝不是像没有思虑的人们所想象的那么容易。所以要求代价很高的这个心的修改，只在日本民族向来有着特殊的能力的方面得到好结果，是一回很明白的事。就是西洋工艺上的发明的应用，在日本人的手中显出了很可称赞的成绩，主要的也是在日本民族历年来由固有的奇异的方法所熟习了的技艺方面产生了优秀的结果。这儿没有什么根本的改变，不过是把固有的技能转变为新而且较大的规模罢了。科学的职业也明示着同样的情形。在某种的科学，例如对于医药学、外科医术（世界上没有比日本人再好的外科医术）、化学、显微镜检查法等，日本人的天性生来就适合，所以关于这些学艺他们所作出来的成绩是世人所尽知的。在战争和政策方面，日本也显示着可惊叹的手腕；然而日本人自有史以来，原是以伟大的军事的和政治的能力为其特征。可是，在不适合于日本民族性的方面，却做不出什么显著的事绩来。譬如说，在西洋音乐、西洋美术、西洋文学等的研究，时间好像是白白地浪费了的样子①。这些学艺对于我们的情绪生活给予非常的感兴，然而对于日本人的情绪生活却不能给予同样感兴。无论哪一个深刻的思想家都晓得靠着教育的能力是不能够转变个人的情绪的。想象东洋民族的感情在仅仅三十年间因和西洋思想的接触而会转变过来，简直是荒谬之至。情绪生活的存在比理智生活还要早，还要根深，所以更不能够因环境的变化而突然地转变，正如镜子的表面不能因来往的反映而变化一样。日本那样奇迹地作出来的一切好成绩，是都没有经过什么自己改造便作出来的；那些想象今日的日本，在感情上比三十年以前已经接近我们一些了的人们，是否认没有异议的余地的科学的事实。

　　同情是受制限于理解的。我们只能够在我们所能理解的程度上表同情。一个人可以想象他和日本人或中国人表同情；但这同情的真实性，不过是普通的情绪生活的几点极单纯的表面部分罢了——这些部分在小孩儿和大人是相同的。东洋人的较复杂的情感，是由祖先以来或个人的种种经验联结而成，那和西洋的生活一点都不真实确切地相符合，因此我们不能充分地知解。以同样的理由，日本人也不能对欧洲

---

① 在某限制的意味上，西洋的艺术是影响及日本的文学和戏剧了，但是这个影响的性质却证明了我所述的民性的差异。欧洲的戏曲因要适合于日本舞台而被修改，欧洲的小说因要迎合日本读者而被改作了，但详细的翻译却很少试过；因为原作的事实、思想和感情，在普通的读者看来是很难理解的。情节被采取，但情感和事实完全被改变了。威尔基·柯林斯的 *The New Magdalen* 的主人公变成一个和异族结了婚的日本姑娘。雨果的《悲惨世界》变成一篇日本内战的故事，而安灼拉便变成一位日本学生。但例外的也有几种，例如详译得到显著成功的《少年维特的烦恼》之类。

人表甚深的同情的，纵使他们愿意。

在西洋人，要洞悉日本的理性和感情两方面（两者本是互相混合的）的真相，依然是不可能的事，然而同时他要抛弃日本的生活比自己的生活是渺小得很多这个确信，也是同样不可能的。日本的生活是风雅的，具备着极有趣、极有价值的优美的可能性。然而是怎样的渺小哦，若是和西洋的生活对照起来，那西洋的生活便简直是超自然的了。我们只能够由看得到和测定得来的实物来下判断，而照这样地判断起来，在东西的感情和理性的世界之间，是发现怎样的一个对照哦！日本首都的脆弱木造的街衢和巴黎或伦敦的大街的雄壮及坚牢的对照还不算什么。若是将东西两者所表白出来的他们的梦想、愿望、感觉等比较起来的时候——如天主教大礼拜堂和神道教的庙宇之比，如威尔第的歌剧或瓦格纳的三部歌剧和艺伎的演奏之比，如欧洲的叙事诗和日本短歌之比——自情感的容积上说，自想象的力量上说，自艺术的综合上说，这其间是有怎样不可计算的差异哟！不错，我们的音乐实在是近代的艺术，但是追溯到远古的无论哪一时代去，在创作力上的差异也差不多是一样的显明——在那建筑了大理石的圆形竞技场、贯通各地的大水道的伟大的罗马时代的确是这样，在那雕刻之技达到神境、文学绝伦的希腊时代也的确是这样。

由此我们再来考察一下关于日本国力的勃兴的另一个可

惊异的事实。在生产和战争的两方面，日本所显示出来的巨大的新势力的物质征兆，是在什么地方显现的呢？什么地方都没有显现！我们在日本的情绪的和理智的生活中找不到伟大，同样在产业和商业的生活上也找不到！国土依然如旧，地表的面目一点都没有因明治一切的变革而修改。小型的铁道和电杆、桥梁和隧道，在那古来的绿野原中，是差不多不能够看见的。除了通商口岸和少数的外国人居留地以外，在所有的都市中是几乎没有一条街的外观，能够令人想象到那是受着西洋思想的感化的。你可以作深入内地两百英里的旅行，而看不到新文明的什么大规模表现。无论你到什么地方去，绝不能看到借巨大的货栈以表示雄心的大商业，或是在几百亩的屋顶下布置着机器的大工业。日本的都市现在还是和十世纪以前一样，比着茅屋小舍的乡村稍好一些，风景诚然是好，好像纸灯笼一样，可是脆弱易破。无论何处都没有很大的骚动和喧扰——没有沉重的车马往来，没有轰轰之声或辘辘的音响，没有疯狂般的匆忙急迫。如果你愿意，就是在东京市内，你也可以享受着乡村平和的乐趣的。像这个正在威吓着西洋的市场，改变着远东地图的新兴势力，眼睛看得见和耳朵听得到的象征竟是这样缺乏，实在要令人发生一种奇异，甚而是一种妖妄的感觉。这几乎是和你指望着神道教的庙宇，登上了几英里寂寥的坂道后，只看到虚无和孤寂——一个鬼气森森而空洞渺小的木造祠堂在千古的树荫里腐朽着的光景的时候所起的感想一样。日本的力量，正和它古来的信仰力量一样，是用不着什么实体炫耀的：这两者的力量，都存在无论哪个大国民的最深的实力所存在的地方，就是存在"民族精神"之中。

二

我一冥想，一个大都市的记忆便出现在我面前——一个墙壁耸天、喧嚣如海的都市。最初是喧嚣的记忆回转来，其次是幻象围拢来：一条深壑，那便是一条街，夹在许多山岳之间，那些山岳便是楼房。我疲倦了，因为我在那石工的悬崖绝壁之间已经走了好几里路，而且踏不到一片土——只是石板——又听不到什么，除了骚动的响雷以外。深深地在那些巨大的铺道下面，我晓得那儿有一个惊人的洞窟世界：重叠叠，脉络布满，是被设计出来供给水、蒸汽和火的通路。在两边则有穿凿几十层几十列的窗孔的高楼大厦的正面——这是遮断日光的建筑的悬崖。在头上，则是一片惨淡的苍天，被错综的蜘蛛丝所割断——这是无数的电线网。在右侧的那一栋房里是住着九千个人，这连房对面的那间大厦的租户们则一年要开销一百万元的房租。在远处那边高临着大广场的大厦的价值，是七百万元也难以抵敌的——而且像这样的大厦又不知连绵几英里。围着高价的栏杆的，钢铁和水门汀、黄铜和石材造成的梯子，扶摇直上至十几二十几层楼之高，然而没有谁去踏它们。人们是用水力和蒸汽，用电力而上上下下的，因为那要用四肢来登攀，是太高得令人眩晕，太远得厉害了。我的一位出着五千元钱房租的朋友，就住在附近的这样巨厦的十四层楼上，是从来没有踏过梯子的。我在步行着，只是为了好奇心，若是因为什么重要的事，我是一定不会步行的，因为空间太阔，时间太宝贵了，哪有工夫来做这样悠闲的努力呢——人们都是应用蒸汽而从此地到彼地，从家里到办公室去的。因高度太大了，声音传不到，一切命令的接收，都是借着机器。远远的门户可以借着电力开；几百家的房子只需手指一触便全都光亮或热起来。

而这一切的巨大都是顽固、凶猛、哑默的，那是为着坚牢耐久的实用主义的目的而被应用着的数理上的力之巨大。这些高楼大厦、货栈、商店以及其他各种可名状不可名状的建筑物，一点都不美观，只觉得凶恶。一个人只感到那没有同情的创造了这些巨大的生命，只要感到那没有怜悯的它们的巨大的表现力，便要感到被压迫之苦。它们是新产业时代的建筑的表现。那儿是没有休息的，在车轮的雷鸣中，在马蹄和人足的暴风雨中。要问一句话，须得大声在被问者的耳朵边呼喊；在这个高压的环境中要看、要理解、要举动，都须得有经验。不惯的人，是要产生一种在恐慌中，在暴风雨中，在旋风中的感觉的。然而这一切还都是秩序哦。

这种奇怪的街市，架着石桥铁桥跳过江河、跨过海道。极目所到的地方，是船桅林立，航索成网，把那石造的悬崖峭壁的岸边遮掩着。和这错综无数的船桅帆桁比较起来，丛林中的树木也不算密集，丛林中的树枝也不算混乱。然而这一切还都是秩序哦。

三

总句话说，我们为着永久建筑，而日本人则为着一时。在日本的日用品中，很少有为着耐久做出来的。草鞋是穿破了在每个旅站便可以再换上新的；衣服是把几小幅的布帛轻轻地缝上便可以穿，简单地一拆便可以浣洗；在旅馆中是每次新来的客可以用到新筷子；轻快的障子①框是可以当做窗子用，也可以当做墙壁用，而一年要重新糊纸两次；席子是每逢秋季便要换新！——这一切不过是日常生活中无数小事物的随便举出来的例子，都是说明这个国民安于无常的特性的。

普通的日本住宅是怎样建造出来的呢？当我早上离家走过那和我的住街交成十字的下一条街的时候，我看到了一些人在那儿的一块空地上安插竹竿。过了五点钟回来的时候，我便在同一空地上看到一个两层住宅的骨骼了。到翌日的午前，我发现那住宅的墙壁差不多要完成了——用烂泥夹杂稻秆涂着。到日落的时候那屋顶便完全盖好了。再到次日的早晨，我便看到席子已经铺下，而内部的涂抹也已经完工。在五天的时间里那房子便全部造成了。这不待说，是一个便宜

---

① shoji，用木格纸糊的日本窗门。

的建筑；较精致的房子要完全造成当然必须多费时日。但是日本城市的大部分就是由这种普通的建筑物所组成的。它们又便宜又简单。

中国式屋顶的曲线还保持着游牧时代的天幕的遗风这个意见，我在什么地方接受到的现在总想不出来。这个思想，自从我非本心地把那说明了这种意见的书本看完之后，长久在我的脑中往来；而当我在出云初次看到那山墙和屋檐上都有着奇异的十字形的凸出部的神道教古庙之稀奇的建筑时，这个关于那建筑形式的来源恐非远古的被忘记了的笔者的意见，强有力地在我的心中唤起了。但是在日本，除了原始的建筑的流传以外，还有许多事物可以表示这民族的祖先是游牧之民。无论在何时何处，我们所称为坚牢的事物都完全没有；这个无常的特征，在日本国民的外部生活的几乎全部事物上都留着记号似的；除了，实在的，农民的古式的服装和他们劳动工具的样式以外。在日本历史所记录的比较的短期间中，日本是有过六十个以上的首都，而其中大部分已经全都消灭了；像这种事实姑且勿论，但我们很可以大胆地说日本的城市是在一代之中便要重新建筑的。有若干庙宇和几处巨大的要塞成为例外，然而，照通例，日本城市在一个人的一生中，纵使不变形，也要变质。火灾、地震和许多别的原因可以算作这种现象的一部分理由；但是重要的理由，是因为建造房屋并非为着久远之计的。普通人没有祖传的家屋。一般人最亲密的地点并不是出生地，而是埋葬地。除了死人长眠之处和古庙的位置之外，永久的东西是很少的。

　　国土本身，就是一块无常的土地。河流变迁它们的水路。海岸变迁它们的轮廓，平原变迁它们的高低；火山的峰峦或高耸或崩溃；溪谷因火山的熔岩或山崩地陷而被阻塞；湖泊忽现忽隐。连无双的富士山的姿容，它那成为数世纪以来艺术家们的灵感的白雪皑皑的奇峰，据说自我到这个国土以来，也已经稍稍变了样子了。只有国土的一般的轮廓，山川的一般的外貌，四季的一般的性质，算是固定不变的。就是风景的美本身也大部分是幻觉的——是一种色彩变幻云雾飞摇的美。除非熟习于这些风景的人，是不能由这些山云的变幻而理解这么多岛国历史上过去的实际变化，和神奇地预言将来要起的转变的。

　　只有神佛的确不变——在山上现出它们的神庙，在丛林的微光中传播它们优柔的宗教的庄严，这恐怕是因为它们没有形也没有实体的关系吧。它们的神庙很少像人类的住宅似的被人完全忘却。但是每座神道教的庙宇在短促的期间中是必须重新建筑的；那最神圣的——伊势的神庙——依着古来的习惯，每二十年必须拆毁一次，而把它的木材切成几千个小护身物，分配给香客。

　　佛教带着它那无常的大教义，经由中国，从雅利安印度传来了。在日本初期的佛寺建筑家们——别种民族的建筑家——建造得很好：只要看镰仓时代的中国式的建筑便明白，在它们周围的大都城已经消灭得连踪迹都没得寻处，而它们却经过几世纪还是存在着。但是佛教的精神上的感化，无论在哪一国，都不能驱使人心爱着物质的安定。说宇宙是一个梦幻；说人生不过是无限的旅程中的一瞬间的驻足；说对于人、对于地方或对于事事物物的一切的把握充满着悲哀；说只有压服一切的欲念——连涅槃的欲望——人类才能达到永远的和平：这种教义，的确和这个古民族的感情相谐和。虽然他们对于外来的信仰的深奥的哲理，未尝很用过心研究，但那无常的教义、在长年间，一定是深深地感化及国民性了。这教义给悟道，给安慰；给予新的力量去勇敢地担任万事；加强了这民族的一个特性——忍耐。连在日本的艺术界——在佛教的影响之下发达起来的，即使不是真实创作出来的——中，无常的教义也遗留着它的痕迹。佛教说天地自然是迷梦、是幻影、是幻象；但它也教人家怎样去捕捉那些迷梦的迅速流逝的印象，怎样去把它们和最高的真理关联起来而加以解释。而他们对于这一点却学得很好。在春天百花怒放的红光中，在夏蝉的来往中，在秋叶的残红中，在白雪的幽美中，在浮云飘忽的变幻中，他们都领悟到那有永远意义的古寓言。就是连他们的灾难——水灾、火灾、地震、瘟疫——也不断地使他们了悟着永远寂灭的教理。

生存在时间中的万物都要死灭。森林、山岳——一切都是这样存在着的。在时间中生产下来的万物都有欲望。

太阳和月亮，连帝释天本身，以及他所有的侍从之群，一切都要，无例外地死灭；没有一个能够永存。

起初万物都固定；末后它们要再分解，不同的结合产生新异的物质；因为在自然中没有一定和不变的本体。

一切的合成物必要老朽；一切的合成物都无常。就是一粒芝麻也不是永存的合成物。万物都变化，万物都具着分解的本性。

一切的合成物，没有例外地，都是无常，不安定，可鄙，一定要分开，瓦解；一切都是瞬间的，如海市蜃楼，如幻象，如泡影……就是陶工所造的一切陶器也终要破碎，人的一生也如此终结。

对于物质本身的信仰是叙述不出和表现不出的——它不是有，也不是无，这个道理小孩儿和无智的人都知道。

四

现在值得我们来探究一下：对于这个国民生活的无常性和渺小性，是不是有些什么可以补偿的长处随伴着呢？

这国民生活的最特征处，就是它那极度的流动性。日本国民好比一个媒介物，它的微分子是在不绝的流转中。这流动本身已经就是奇特的。它比着西洋诸国民的流动是更大而且更离心的，虽然自一点到一点之间的流动是比较微弱的。而且它还自然得很多——自然得在西洋的文化中不能够存在的。欧洲国民和日本国民的流动比较，可以用一个高速度的振动和一个低速度的振动之比较表示出来。但在这样的一个比较中，那高速度的要显示着施行人力的结果，那低速度的则不然。而这种类上的差异之意义，是不只在可以说明的表面上的。在某种意义上，美国人想他们是大旅行家或许是对的，但在另一种意义上说，则他们的确错了。一般的美国人，在旅行这一点说起来，是比不及一般的日本人的。而当然，要比较诸国民的移动，主要是应该想及大众，即劳动者们，而不能够单单就少数的富人阶级而论。在他们自己的国内，日本人是任何文明人中最大的旅行家。因为尽管是住在几乎全部由山脉构成的国土中，而他们也不认为那是对于旅行有所阻碍的，所以他们是最大的旅行家。最善于旅行的日本人，便不是那些需要火车或汽船来运搬的侪辈。

在我们，普通的劳动者比日本的普通劳动者要不自由得很多。他所以少自由，是因为西洋社会的较复杂的机构，那种种的力量都是倾向于集团凝结的。他所以少自由，是因为他不得不寄以为生的社会上和产业上的机关，以便他适应于它自己（机关）特殊的要求，而常常使他放弃本然的能力，以发达某种特殊的人为的能力。他所以少自由，是因为他的生活必须达到某标准程度，而这标准是使他不能单靠着节俭而得到经济上的独立的。要得到这样的独立，他必须比着那同样的在努力要逃出这种束缚的好几千额外的竞争者，有格外的性格和格外的才能才可。总而言之，他所以少自由，是因为他们的文化的特质，使他不必靠着机器或大量的资本的帮助而可以生活的本能萎缩了的缘故。过着这种不自然的生活，迟早是要失掉独立的移动能力的。在一个西洋人能够移动之前，他有许许多多的事物须得顾应到。但在一个日本人移动之前，他便没有什么必须顾应的东西。他可以没有什么麻烦，简单地离开他所不高兴的地方，而到他所欢喜的地方去。这儿是没有什么东西阻碍他的。贫穷不是障碍物，而反是鼓励物。他没有什么行李辎重，有，便只是一些能够在数分钟之内整理出来的东西。距离在他是没有意义的。自然给了他完全的两脚，那可以一天飞跑五十英里而不觉得苦；给了他一个胃囊，那化学作用能够从欧洲人所不能靠以为生的食物中摄取多量的营养分子；又给了他一个体质，那是轻蔑一切炎热、寒冷和潮湿雨露的，因为它还没有被不健全的服装、过分的安逸品、从壁炉或火炉取暖的习惯和穿皮鞋的习惯等所损害过。

  我们的履物的性质，照我看起来，它的意义似乎不止是普通一般人所想象的那样而已。这种履物，表示着个人自由的阻碍。从价钱高贵这一点说起来，已经就是这样；但从形式上看起来更无穷的是这样。那使西洋人的脚扭歪了原形，使它不能够尽它的天职。而且这种生理上的影响不止在脚上而已。无论什么东西，凡是直接地或间接地成为运动器官的阻碍物的，它的影响必然地要扩大及整个生理上的组织。这祸害岂但止于此吗？或许我们之所以屈服于存在一切文化中最荒谬的习俗，也因为我们太长久地屈服在鞋匠的暴戾之下的缘故也未可知。或许在我们的政治中、风化中、宗教制度中，有许多的缺点，多少和穿皮鞋的习惯有关系也未可知。对于肉体上之束缚的屈服，必然地要助长对于心灵上之束缚的屈服。

日本人中的男子——在同样的工作上比任何西洋工人都可以容易地接受低廉的工钱的老练工人——幸福地可以不必受着鞋匠和裁缝匠两者的束缚。他的脚很好看，他的身体健康，而他的心自由。如果他要作千英里的旅行，他能够在五分钟之内把旅行的准备弄好。他全部的行装不必花费到七角五分钱；而他一切的行李可以包在一块手帕中。有十元钱他便可以不工作地旅行一年，或者他可以单靠着自己工作的能力而旅行，再不然他可以当做一个香客似的旅行。或许你可以说这是任何野蛮人都做得到的事情。不错，可是任何文明人都做不到；而日本人却最少是一千年以来的高级文明人了。日本工人现在的能力在威吓着西洋的制造家，便是因此。

我们向来太惯于把这种自由移动的事，和我们那种乞食流浪者们的生活并在一起而谈，所以对于这事的内在的意义，不会有什么正确的观念。我们并且要把它和不舒服的事——不洁和恶臭的事联想着。然而，正如参伯列因教授所说，"日本的群众是世界上最香的"。日本的流浪者每天要洗一回热水浴，如果他有几厘钱可以应付得起代价的话；或是洗冷水浴，如果没有钱。在他那小小的包袱中，是有梳子、牙签、剃刀、牙刷的。他绝不会让他的身体令人不舒服。一到了他的目的地，他便能够把自己化成一个礼貌很好，虽然服装简单而没有污点的客人。①

没有什么家具，没有什么辎重行李，只有少许整洁的衣服便可以生活的能力，不但是显示在生存竞争上日本民族所占的优越处，而且也显示在我们的文化中的一些弱点的本质上。那不得不使我们反省着我们日常用品的无谓之多。我们必要肉、面包和牛油，必要玻璃窗和火炉，必要帽子、白衬衫和羊毛内衣，必要长靴和短靴，必要大箱、皮箧和小箱子，必要床架、卧褥、被单和毛毯，凡此一切的东西，日本人都可以不必用，而且实在是不用的好。试想一想看吧，在西洋服装中，单单那很花钱的白衬衫一项，便是怎样重要的一件东西哟！然而这个所谓"绅士之标号"的细麻衬衣，根本就是一件无用的服饰，既不给温暖也不给舒服。它在我们的风俗中，是代表着从前奢侈阶级差别的一些遗风，但在现

---

① 有些批评家对于埃德温·阿诺德（Sir Edwin Arnold）所说的"日本群众会发出一种像天竺葵的气味"这句话加以取笑。然而这个比喻却是对的！所谓"麝香"这个香料，若是少少用一些，很容易被人误当为天竺葵的香味。差不多无论在哪个混有女子的日本人的集会处，总有些微微的麝香的香气可以闻得到；因为所穿着的衣服都是藏在放有少许麝香粒的橱屉里的缘故。除了这个微妙的香味以外，日本群众是绝对没有臭气的。

在却和那缀在外衣袖口边上的纽扣同样,是一种无意义的无用的长物。

五

日本真正所成就的伟业,没有什么巨大的象征表现出来的这个事实,正证明着它的文化是在特殊的方法中发展着的。那不能够永久这样地发展下去,然而那已经是这样地发展下来而得到惊人的成功了。若把"资本"这一个词广义地解释起来,日本是没有资本而在生产的。日本在本质上没有变成机械的和人工的而变成产业的。那米谷的大收获是从几百万小小的田地上产生出来的;丝的收获则是在几百万小而陋的家屋中;茶的收获则是在无数的小土地上。如果你到京都去问那世界上等伟大的瓷工之一定做一些什么东西,他的出产品在伦敦和巴黎比在日本还要著名,你便会发现他的工场是一个美国农夫都不愿意住的木造小屋罢了。这个最伟大的七宝烧花瓶的制造者,他或许对于一个五英寸来高的东西要问你讨两百元钱的代价,便在那大约有六个小房间的两层楼房的背后制造他的珍奇的妙品。又在日本制作中最好的丝带,而且名闻全国,是在建筑费值不到五百元的一间屋子里织成的。这个工作,不待说,是手织的。但由机器纺织的工场——织得很好,几乎要压倒规模大得很多的外国工场——除了很少的例外,也是鲜见有比那屋子更堂皇的。它们大都是长、轻而低的一层或两败俱伤层的小屋，建筑费就差不多和我们建筑一列木材马房相等。可是像这样的小屋，却造出销售全世界的丝绸来。有时候，除了你实在能够认识园门上的汉字以外，你便只能够由询问或由机器的营营声而才辨别得出一间工场和一间旧式的屋敷①或一所旧式的日本校舍来的。也有些大规模的砖造的工场存在，然而那是很少很少的，而且如在外国人居留地的附近时，便要显得和周围的景色不调和的样子。

我们自己建筑上的怪物和机器的巨塔，是由产业的资本的大结合实现出来的。然而像这样的结合在远东没有存在着，真的，可以造成这样结合的资本根本就没有存在着。而且纵使在几代之中在日本金钱上的势力能够形成相当的结合时，要想象有相当的建筑物出现也是不容易的事。连砖造的两层大屋，在商业中心地都发生不好的结果；地震又好像宣告了日本的建筑只好永远简单的样子。国土根本就反逆西洋建筑的法则，而且时时要使铁路线挤出地平，摇撼得不成样子，而反逆新式的交通制度。

不单是产业上这样的不完成，连政府本身也呈现着同样的状态。除了皇位以外，没有一件事物是安定的。不绝的变迁正和国策一样。部长、知事、监督、监察官，一切高级的文武官员，都在不规则的和惊人的短期间内变动，而

---

① Yashki，大房子。

较小的官吏之群则每次政潮一来便要流离星散。我在日本最初一年住过的那个地方，在五年间换了四个新知事。如我住在熊本的时候，在第一次世界大战发生之前，那个重要的地方竟调换了陆军部队三次。国立专门学校在三年中则有了三个校长。在教育界中，特别的，这种急速的变迁更加显然。单在我自己的就任中，教育部长便换了五个，而教育方针竟变改了五次以上。两万六千所的公立学校，它们的管理法和各地方的议会有很密切的关系，就是没有什么别的影响在作用，只因为议会中的变动也难免要时时变动的。校长和教员们打成一团地从此处转到彼处，有些人才三十出一点的年纪，便几乎在日本的每个府县都教过书了。像这样的教育制度在这种情形之下能够产生什么大效果来，简直是神奇已极。

  我们总要想，凡是真正的进步、伟大的发展，是必要多少的安定的。可是日本却给了巨大的发展一点都不要什么安定也可能的难辩驳的明证。这个解释存在于这个民族性——处处与我们的民族性正相反的民族性——之中。一样地移动的，也一样地易受感动的这个民族，在大目的的方位中团结地移动着；尽四千万的全数都听着统治者的意思而方圆，就好像沙和水被风所改形一样。而这个对于改造的服从，是属于它的精神生活的旧态——珍贵的不自私和完全的信仰的旧态的。这国民性中比较没有利己的个人主义这件事，成为一个帝国的救星，使一个大民族能够抵抗比自己巨大的优势而保持着它的独立。因此，日本很应该感谢它的两个大宗教，就是它的道德力的创造者和保存者：一是神道教，那教训个人在想自己的家族或自己的事情之前应该想他的皇帝和他的国家之事；一是佛教，那训练他制伏悲愁，忍受苦痛，并容纳着爱惜者的消灭和憎恶者的暴戾为永远的法则。

目前有一种硬化的倾向呈现着——一种和官僚主义相同的形成之变化的危机。新教育的道德的效果比不及物质的效果。解释为纯粹利己的意思的"个性"缺乏的非难，在二十世纪将不能够加诸日本人的身上的吧。连在学生的作文中，都已经反映着以智力纯为攻击武器的新观念，和那侵略的自我主义的新情绪了。一个怀着那将要灭亡的佛教思想的残痕的人，这样地写着："无常是人生的本质。我们常常看见昨天富裕而今天贫穷的人。这依着进化的法则而言，是人类竞争的结果。我们都难免竞争，纵使我们不愿意。然而我们用什么剑斗争呢？用那由教育锻炼出来的知识之剑。"

对了，自我教养本有两个形式。一个是诱导到品质高尚的非常的发展上去，而另一个则表示着那越少说越好的事情。但新日本目前开始研究的却不是前者。我告白：我是一个相信人心——纵使在整个民族的历史上也是——比人智贵重得很多的人，相信它（人心）迟早将会证明它自己，在回答斯芬克斯的残酷之谜这一点上，也容易得多。我还相信旧式日本人要解决这些谜题，比着我们要容易得多，这正因为他们认为道德的美比智力的美伟大的缘故。临末，我可以大胆地引用裴登兰特·布鲁涅蒂尔（Ferdinand Brunetiére）的关于教育的论文的一段，来作我的结论：

若是不努力把拉梅耐（Hugues Lamennais）的那些名言的意味深深地刻印在心上，那么我们的一切教育手段将归诸徒劳的吧。那就是说："人类社会的基础，是建设在互相给予，或各人为各人，或各人为别的一切人牺牲的上面的；牺牲才是一切真社会的要素。"我们没有学习到这一点差不多有一世纪了，若说我们必须重新入学校的话，那便是为着我们须得再学习这一点的缘故。没有这种知识便没有社会和教育——不错，若教育的目的是在乎为社会造人。个人主义在今日是教育之敌，正像它也是社会秩序之敌一样。它并非本来就是这样，但它已变成这样了。它将不会永远是这样，但它现在是这样。所以，我们不努力把它毁灭——这是有从极端走到极端之讥的——也必须认识这个：无论我们要为家族、为社会、为教育，或为国家做些一什么事，只是反抗着个人主义才能够成功。

街头卖唱者

一个提着三弦琴、被一位七八岁的男孩儿带领着的妇人,到我的家里来唱歌。她身穿农民的衣服,头缠一块蓝色手巾。她生得丑,而她那生成的丑因牛痘的袭击更加厉害了。那小孩儿提着一束板印的流行歌。

于是,邻近的人们开始群集到我家的前庭来——大部分是背上负着小孩儿的青年母亲或是看护小孩儿的女婢们,但年老的男女——近边的"隐居"①们也同样地来了。连人力车夫们也从下一条街的角头的停车处走了来,因此门内便马上挤得没有余地。

那妇人在我的门阶上坐下,调好三弦琴,弹了伴奏的一节——于是一种魔力落到听众的身上来了,他们在惊愕的微

---

① inkyo,把家政产业一切的俗务委诸儿孙而独自退守休养的老人之意,不是中国所谓的隐士——译者注。

笑中互相面面相对着。

一种奇妙的声音——年轻的、深沉的、透彻心肝美妙动人不可言状的声音，从那丑陋不成样子的唇上潺潺地流了出来。"是妇人呢，还是森林中的仙女？"一个旁听者质问了。只是一个妇人罢了——然而是个非常的、非常的大艺术家。她那种操纵乐器的方法，可以使顶巧妙的艺伎惊服；而无论从哪一个艺伎的喉咙上，像这种美妙的声音和这种歌曲，是未尝听到过的。她只像一个农夫所能够唱的唱了而已——用一种，或许是从鸣蝉或夜莺学习得来的音节——又用一种在西洋乐谱中绝没有记着的微音和半音或半半音的调子唱了。

她一唱了起来，那些在听的人便开始静静地啜泣了。我听不懂歌词的意义，但我感觉到日本生活的悲哀、快乐和容忍，共她的声音一齐穿到我的心里头去。一种看不见的哀怜之情好像集在我们的周围战栗着的样子；而那被忘却了地方和时间的感情，混合着更幽深的感情——不是那还生存着的记忆中的地方或时间的感情——悠悠地回转来了。

这时候我看到那唱歌者是个盲人。

唱完了的时候，我们用甘言把那妇人引入屋里来，问了她的身世。她从前曾过着好生活，在她还是个小女孩的时候她学习了三弦琴。那男孩是她的儿子。她的丈夫是患着不遂症的。她的眼睛因为生牛痘瞎了。但她身体还很强壮，能够跑很远的路。她的孩子疲倦了的时候，她便要把他负在背上走。她能够养育卧在床中的丈夫和她的小孩儿，因为她唱歌的时候，人们便要啜泣起来，而给她钱和食物……这便是她的身世了。我们给了她一些钱和吃的，然后她由她的男孩儿引导着走了。

我买了一本关于新近两人情死的流行歌：玉米和竹次郎的悲曲——作者大阪市南区日本桥第四区十四号竹中米。那很明了的是木印版，里面有两张小小的绘画。一图是表示着一个男子和一个女孩在一起悲叹的样子；另一图——"尾画"一类的东西——是画着一个写字台、一盏将灭的灯、一封开着的信、在盘里焚烧着的香和一个插着樒的花瓶——这个神圣的植物①，在佛教的仪式中是作供献给死者的礼物用的。那种草写的原文，好像是垂直地写下来的速记，译起来便只像下面这几行：

在出名的大阪市，在西本町的第一区——哦，情死的故事的悲愁！

妙龄十九的玉米——一看她便爱她的竹次郎，一个年轻的工人。

对着他俩的此世来世，他们山盟海誓——哦，

---

① 樒，shikimi。

爱着艺伎的悲愁！

　　他们的臂上刺着"雨龙"和"竹"的文字——绝不顾虑人生的烦恼……

　　但他出不得五十元钱赎回她的自由——哦，竹次郎的心之苦闷！

　　于是两人立誓同死，因为在这个人世间他们绝不能成为夫妻……

　　托了她的友侣烧香和献花——哦，像露消烟没的他们之可怜！

　　玉米举起那只充满着水的酒杯，里头是两人要情死的盟誓……

　　哦，爱人们情死的心乱！——哦，抛弃生命的他们之可悯！

　　总一句说，在这个故事中并没有什么很异常的地方，而在这诗歌中也一点没有什么特别可以注目处。那回演奏的一切惹人感叹处，是全在乎那妇人的声音中的。但自那唱歌者去了之后，过很久，那声音还是残留着的样子——使我心里生起一种甜蜜和悲哀的奇异感觉，因之我不能不自己要求要解释那些魔术的音调的秘密了。

　　于是，我便想出了在下面写着的那些意见来：

　　一切的歌，一切的曲调，一切的音乐，都只是感情的原始的自然表现的进化——那些由音调表示的悲哀、快乐，或热情的自然的言语的进化罢了。别的言语会变化，同样地这个音的结合的言语也会变化。因此，那些深深地感动着我们的曲调，在日本人听起来却是没有意义；而那些一点都不能感动我们的曲调，对于那精神生活和我们的精神生活之差异有如蓝与黄之别的民族的情绪，却能够惹起强有力的同情作用……然而还不可解，这个我绝对不懂的东洋短歌——这个平民中一盲妇人的平凡的歌曲，在一个外国人的我的心中，会引起那样深的感动，到底是什么理由呢？这的确是因为在那唱歌者的声音中，有种性质，那性质能够使比一个种族经验的全体还要大的——和人类生活一样广大，而古旧有如善恶的知识的——东西生出同情的。

在二十五年前的一个夏天黄昏时候，我在伦敦的一个公园里，听到了一个女孩对一个过路人说"Good night"。就只是这两个小小的言语——"Good night"。她是什么人我不晓得，我绝没有看到她的样貌，我也绝没有再听过那声音。然而经过一百个季节之后，一想起她的"Good night"的声音，我还是要受着一种快乐和苦痛的不可思议的二重感动——这个苦痛和快乐，无疑地，不是我的，不是我自己的生涯中的，而是那前生和过去的世界的。

像这样地使那只听过一次的声音如是迷人的东西，一定不是这一世的东西。那是无限无数的被忘却了的人生之物。的确世间绝没有两个声音会有完全相同的性质。但在爱情的言辞中，则人类无数万的声音里却有一个共通的温柔的音色。遗传的记忆会使新生下来的赤子理解爱抚的声调的意味。无疑地，我们的关于同情、悲愁、怜悯的声调的知识，也同样是遗传的。因此，在远东的这个城市中的一个盲妇人的短歌，连在一个西洋人的心里，也能够鼓起一种比个体更深的感动——被忘却了的烦忧之漠然沉默的哀感——不能记忆的时代之朦胧的爱的冲动。死者绝不是完全的死灭。他们睡在疲劳的心和忙碌的脑筋之黑暗的小窝[1]里——而很稀罕地只被那追忆着他们的过去的某种声音的反响唤醒起来。

---

[1] 细胞——译者注。

节录旅行日记

一

在公共舟车之中想睡觉，而又不能够躺下去的时候，一个日本妇人是要把她左边的长袖子遮住颜脸之后才打起瞌睡来的。现在在这个二等客车之中，有三个妇人排成一列地在睡，三人的颜脸全都用左袖遮掩着，而跟着火车的震动一齐在摇摆，就好像是潺潺的河流中的莲花一样。（这个用左袖的事不是偶然的便是本能的；大概是本能的吧，因为右手在火车震动的时候，很便于拉住皮带或是座位的缘故。）这个光景又美丽又滑稽，然而当做凡是文雅的日本女人，无论做什么事情总要努力取用最优美和最不自私的礼貌，看起来却特别是显得美丽。那又是很动人发生怜悯之情的，因为那姿势也像悲愁的姿势，而有时也像是疲倦的祈祷的姿势。这，一切都是由于只想把自己最快乐的样貌给人看的，一种经过教练的义务观念造出来的。

这事实使我想起一个经验来。

一个长久在我家里做事的男仆，在我看起来好像是人间最快乐的一个人。他在听话的时候始终现着笑容，在做工的时候始终很快乐的样子，显得人世的烦恼事一点也不晓得似的。可是有一天，当他以为是他独自一个人在那儿的时候，我把他一看，他那松懈的样貌便使我吓一跳了。那不是我所认识了的脸。苦痛和愤怒的难看的皱纹现在上面，使那样貌老了二十岁的样子。我轻轻地咳一声以表示我的到来。于是，在一瞬间那样貌便又光滑、柔化、快活起来，好像是由于返老还童术的奇迹的作用似的。奇迹，不错，是那永远不自私的自制的奇迹。

一八九五年四月十五日于大阪、京都间的火车中

二

把旅馆中自己的小房间前面的木造窗板推开，早晨的太阳便马上射到障子上，在那金色的方面上，画出一株小桃树的十分明显的影子来。没有一个人间的画家——就是日本画家也不能——能够画出比这个影画还优秀的来！在金黄色的面上描画着蓝黑色的这个不可思议的影像，依着在外面那看不见的树枝种种距离的不同，连浓淡的色泽都表现出来了。这使我想及因家屋的采光而用纸这回事，对于日本美术有影

响的可能性。

在夜里，一间只把障子关着的日本家屋，便宛如一个纸糊的大灯笼——一个面上没有绘画，而在里边却有活动影像的魔术的灯笼。在日间，则障子上的影像只从外边照来。但这些影像在太阳初起的时候，若是光线像今早一样，水平地从一个古式庭园的空地直射过来的话，便会显得非常美观。

古希腊的传说，说艺术的起源，是由于自然而然地要在墙壁上描画爱人的影子的尝试，这话实在未可加以取笑。一切的艺术意识，像一切的超自然的意识一样，它简单的起源于阴影的研究是很可能的。然而映在障子上的影子是非常的显著，那要暗示着日本特有的画才——绝不是初步的，而是无比类地发达了的，同时又难以说明的——的说明。不待说，日本纸的性质比任何毛玻璃都适于映照影子这一点，是应该考察，同时阴影本身的特质也应该加以考察。西洋的植物，譬如说，是不能够供给像日本庭园——费了几百年的苦心所造就，尽人力使其雅观——的树木所映出来的那样美丽的影子的。

我希望这障子上的纸，像照相的底片一样地有感受性，能够把那太阳平面地直射过来的最初的美妙的印象摄下来。

四月十六日于京都

三

在一切日本特别美妙的事物之中，最美妙的莫如那登上高处的参拜地方或休息所在的中途——就是那无处去的道路，和那引到无的地方去的石级。

固然，这特别的妙味是种偶然配合的妙美——人工的营造和光、形、色的自然界最好的情景互相一致的结果——是一种在雨天便要消失的妙味，然而它的可惊叹赞美，并不因无常而减少。

这样的登临大都是由一条倾斜的铺道开始，有半英里长，两旁排列着大树。奇形的怪石规则地间隔着护卫着道路。其次便来到较大的石级，那是穿过绿荫，登上更大的古树成荫的土台上去；从此便要登几段的石级，上几个的在树荫下的土台。像这样地登了又登，登了又登，直至最后，目的地才在远远苍然的牌楼那边现出来：一个小小的、空虚的、不着彩色的木造庙宇——一座"神道宫"。经过了长长的庄严的进路之后，在这静寂和阴暗的高处，这样地受着的空虚之感，根本就是神秘幽玄。

可以使你得到和此同样的经验的佛寺，只要你愿意得到它，是有许多在那儿等着你的。譬如说，我可以举出京都市内的东大谷的寺域来。堂堂的树荫路直通寺院的庭，从那个庭侧宽阔满五十英尺的石级——厚重，多苔，而有着堂皇的栏杆——直达一个围着墙壁的土台上去。这情景，使人想及走进《十日谈》时代意大利的游园地去的样子。可是一到那土台上,你所看到的却只是个门,开着——引入一个墓地!这是不是佛教徒的造园者,存心要告诉我们:一切的荣华、权势和美丽最后达到的只是这样的一个寂灭?

四月十六日于京都

四

我把三天的大部分费在国民劝业展览会中了——这点时间要来洞悉这展览会一般的性质和意义是很不充分的。出品的主要是工艺品,然而不管是怎样,却几乎全部都令人看了要生好感,因为一切种类的出产品全部都施着可惊叹的艺术的应用。外国商人们和那些比我明眼的观察者们,在这展览会里便发现了别样和可怕的意义——就是向来东洋人给予西洋的工商业的最可怖的威吓。"和英国比较起来",伦敦《泰晤士报》的一个通讯员这样写着,"一切都是法新①对着便士之比……日本的对于工业的侵略的历史,比着对于高丽和中国的侵略历史还要早些。那是一个和平的征服——一个事实上已经成功了的无痛的放血方法……这一次京都的展览会,是工业的事业大大地进步的明证……劳动者的工钱一个

---

① farthing,一便士的四分之一。

礼拜只需要三先令的国家,其他一切的生活费都准着这样,当然是要把——纵使别的事都对等——一切的费用需要日本的四倍的竞争者灭亡的。"的确,产业上的"柔术"是会生出意想不到的结果的。

展览会的门票也是一个意义重大的事。只要五分钱!但虽然是这点数目,巨额的收入好像很可以得到的样子,因为参观的人是这么一群一群地挤着。多数的农民每天每天水般地流进市内来——大多数是步行,恰像是朝山进香的样子。而这次无数万地旅行上京,因为有真宗教的大本寺的落成礼,事实上也就是朝山进香。

里面的美术部,我以为比着一八九〇年东京的美术展览会坏得多。也有好的作品,但很少很少。或许,这就是全国民的一切精力和才能都倾倒到可以赚钱的方向去的证据;因为在那些较大的室里,是陈列着从没看过的精巧贵重的作品——如陶瓷器、牙雕、嵌花、刺绣等——那是工业和美术相联结着的。真的,排在那儿的几件陈列品的真价,使我得到答辩一个日本朋友感慨无量的所批评的一句话的暗示:他说"若是中国采用西洋工业的方法,它一定会把我们从世界上的一切市场驱逐出去的吧"。

"在低廉的出产品或许是这样,"我答,"但是日本没有必须全靠着出廉价产品的理由。我想它很可以更安全地依赖着它那技术和良趣味的优越。一国民的技术的天才,是有特殊的价值的,这价值可以敌得过那一切由廉价的劳力的竞争。在西洋的民族中，法兰西便是一个例子。法兰西的富，并不因为它比邻国能够低廉地生产的关系。它的货物在世界中是价钱最贵的：它售卖奢侈品和美术品。它的货物可以在一切的文明国里销售，就因为那些货物在它们的同类中为最良品的缘故。为什么日本便不可以成为远东的法兰西呢？"

在美术作品的陈列中最坏的就是油画部——西洋式的油画。没有什么理由使日本人不能应用他们固有的艺术的表现法，来画出可惊叹的油画。但他们仿效西洋画法的企图，不过只在那很需要写实的方法的习作方面，达到平凡的程度罢了。若依西洋美术的法则，则油画中的理想的作品，是日本人的能力还不能够企望得及的。或许将来，就是在油画方面，他们也会使西洋的方式适应于国民精神的特殊的要求，而自己发现一个进入美的殿堂的新门户也未可知；可是现在还没有这样一个倾向的征兆。

有一幅画着对着大镜的裸体的妇人的画，引起了公众的恶感。日本报纸要求这幅画的撤退，而发出对于西洋艺术观不满的评论来。然而这幅画却出自日本画家之手，那是一件拙劣的作品，但却大胆地定着三千元的价钱。

我暂时站在那幅绘画的旁边，以观察它给予观众的印象如何。观众的大部分是农民。他们大都要睨视着它，侮蔑地嘲笑着发出一些轻蔑的话，而走开到那些虽然只是定着十元到五十元的价钱，而的确是比较地值得注意很多的挂物[①]方面去观察。批评的尖锋主要的是对着"外国"的好尚（那画像是画着一个西洋人的头的），好像没有一个人想那是日本人的画似的。如果那是表示着一个日本妇人的话，恐怕群众不会让它存在的吧。

对于那幅绘画的一切侮辱轻蔑是正当的。在这件作品中，一点也没有什么理想存在。那不过单单是表现着一个裸体妇人在做着女子不愿意被人家看到的姿势罢了。而一幅纯粹裸体妇人的画，无论是怎样画得惟妙惟肖，若艺术的意味是什么理想，那么它便绝对不是艺术。它的写实处便是它的可厌的地方。理想的裸体是神圣的——是人类的对于超人的梦想中最神圣的。但一个裸体的人却一点也不神圣。理想的裸体不要什么缠绕的东西，因为它的美妙处是从那不许遮掩或破坏的美的线上生出来的。活着的实人体没有这样神圣的线或形。试问：一个画家，除了他能够从那裸体除去一切实感的痕迹不说外，他只为着裸体而画裸体是正当的吗？

有一句佛教的格言，正道破了这一点，就是说"能够不即事物的个体而观察事物的才是智慧的人"。而使真的日本艺术伟大的，便是这个佛教的看法。

四月十九、二十日于京都

---

① kakemono，挂件挂绘等的总称。

五

这样的思想生出来了——

神圣的裸体，绝对美的抽象的裸体，是给予观者一种混着忧郁的惊愕和欢喜的打击的。很少的艺术作品能够给予这种打击，因为很少的艺术作品达到完成之域。但有些大理石像和宝玉细工能够给予这种打击，又如"艺术爱好社"所发行的刻板，有一些关于它们的精巧的摹写也能够。这些作品越看得久，越生起感叹之情来，因为它们没有一条线，或线的小部分，其美不是超越一切的记忆的。因此，像这样的艺术的秘诀长久要被想为超自然；而其实，它所传给的美的感觉是超人的——在现在的人生以外这个意味上说起来，是超人的——所以在人类所晓得的感觉的范围内，它是超自然的。

这个打击是什么？

它不可思议地很像的确是类似于初恋的经验所受着的那种心的打击。柏拉图说美的打击是心灵突然半忆起那神圣的观念世界的作用。"在这个世界而看见那个世界的影像或其类似的东西的人，要受着如雷电一样的打击，而自己魂飞魄散。"叔本华说初恋的打击是全人类的心灵的意志力。在现代则斯宾塞的实验心理学说人类的感情中最激烈的，在它初次表现出来的时候，是绝对地先行于一切个人经验的。古今的思想——哲学和科学——像这样地都一路承认着：个人对于人类的美最初所受的深刻的感动，绝不是个人的。

绝伦的艺术所给的打击，难道就不适用于这个同样的真理吗？表现在这样艺术中的人类的思想，的确要引起那安置在观者的情绪生活中的过去一切的经验——从无数的祖先承继下来的遗产，生同情的。

真的是无数！

一世纪当做三代算，又假想没有同族结婚的时候，则一个法国的数学者，计算出现在的每个法国人的血管中，应该有公元一千年代的二千万人的血液在流着。若从公历的纪元算起，则现在一个人的祖先，总数便有十八京①之多。而且二十世纪的年限和人类生存的期间比较起来又算得什么哦！

那么，美的情绪，和我们一切的情绪一样，一定是无数的过去之想象不到的无数经验所遗传下来的产物。无论在哪一个美的感觉中，都有着那埋着头脑的不可思议的沃土中的几亿万不可测量的幽玄之记忆在闪动。而各人在自己之中各有一个美的理想，这理想不外就是那曾经好看的形色，美质的过去的知觉之无限的复合罢了。这理想是蛰伏的——本质上是潜伏的——不能够在想象的面前任意唤起的，但它在生的感官感觉着什么漠然的类似物的时候，便要突然地放起光来。这时便要感到那种奇异的，悲哀而美妙的战栗，这战栗是伴着生命和时间的潮流之突然地逆行生起的；于是那百万年和无数代的感情便在这儿被总括为一瞬间的感动的情绪了。

---

① Quintillion，即1,000,000,000,000,000,000。

只有属于一个文化的艺术家们,即希腊人,能够施行这样的一个奇迹:就是把美的民族的理想从他们自己的灵魂中解放出来,而把那波动的轮廓刻在宝玉或石块上。他们使裸体神圣化;他们还要使我们感着他们自己所感到的一样的神圣。他们所以能够作出这样的作品来,或许就是因为,如爱默生所提言一样,他们具有完全的感觉的缘故。的确不是因为他们像他们所作出来的雕像那样美丽的缘故。没有一个男子或女人能够像他们的雕像那样美丽。只有这个是的确的——他们洞察了他们的理想,而把那理想明了地确立起来了。但这理想,是过去的美的眼睛和眼睑、喉咙和颊、嘴和腭之无数万万的记忆之复合物。

希腊的大理石雕刻给了一个证明:就是世间没有什么绝对的个性存在着;正如肉体是细胞的复合物一样,心灵是精神的复合物。

阿弥陀寺的尼姑

一

当阿丰的丈夫——一个远亲的姑表兄弟，因为互相恋爱而入赘于她的家族的——被他的领主召唤到首都去了的时候，她对于将来的事情一点也不顾虑着了。她只觉得悲哀。自从他们结婚以来，这样地离开着过日子，这一回算是第一次。但是她有父母做伴，还有一位比谁都可爱的——虽然连她自己都不大自觉着——亲生儿子。并且她还有许多的事情做。有许多的家内事须得她来处理，有许多的布须得她来纺织——棉的和丝的。

每天在一定的时间，她要在他平日常住的房间里，替她不在的丈夫供奉着小小的食物——好像供奉祖先或神灵的小小的食物——这些食物是盛在优美的油漆的浅碟中的。这些食物置在房间的东边，食物的前面则放着他平日用的坐褥。这些食物所以置在东边的，是因为他到了东方去的缘故。在要移开食物之前，阿丰常要取开小碗的盖，看看那油漆的盖的里面，是否有水蒸气蒙着。因为人家说，若是盖的里面有了水蒸气蒙着，出外的人便是平安无事。若是没有，他便是死了——因为这是他的灵魂自己回来找着食物的标记。阿丰每天每天总是看见那油漆盖的里面凝着浓厚的水珠。

那小孩儿是她不绝的欢喜。他有三岁，常常喜欢发问着一些除了神以外没有人晓得答案的问题。当他要玩耍的时候，她便放开她的工作和他在一起玩。当他要休息的时候，她便对他说一些奇妙的故事，或是对着他所发问的那无人知道的事物，给予可爱而敬虔的答复来。在傍晚，当灯光在神桌和佛像的面前点着了的时候，她便要教他那还不灵动的唇舌学习那孝顺的祈祷。当他安睡了，她便要把工作拿到他的近边来做，而守望着他那平静甜蜜的颜脸。有时候他会在睡梦中现出笑容来，于是，她便晓得那是观音在梦中和小孩儿玩，而要在口中喃喃地对着那"永远在祈求者的头上鉴临着"的女菩萨，念着佛教的祈求了。

有时候，在天气很晴朗的日子，她要负着她的小孩儿在背上，去登岳山（Dakeyama）。这样的郊游使小孩儿非常欢喜；他的欢喜不只是因为他的母亲教他看种种的事物，也因为她教他听种种的声音的缘故。坂道在丛树和森林之间穿过，在绿草铺着的斜坡上盘越，在奇形怪状的石岩边围绕；这儿那儿是心中怀着故事的花草，身上附着精灵的树木。山鸠在"咯啦咯啦"地叫,野鸽在"哦哇哦哇"地鸣,蝉在"嘶嘶"地叫。

凡是在等着所钟爱的回来的人,如果他们做得到,便要到这个称为"岳山"的山顶来参拜。这个山岳无论从城市的哪一方向都看得见;而从它的山顶则可以望见好几省的地方。在这山顶,有一块大约像人样和人高的石头垂直地屹立,而许多小石块在它的旁边和顶上堆积着。在那儿的近边,则建着一所小小的神道教的庙宇,在祀从前的一位公主的神灵。因为她悲伤着她所钟爱的不在的人,常常登上这个山巅来瞭望他的归来,直至她形容憔悴,终于化石了为止。因此,人们便替她建了一所庙宇。后来凡思慕不在的恋人的人们,到现在还是要到这儿来祈祷恋人的回来,而且,在他们祈祷之后,每个人总要拿一块堆积在那儿的小石块回家去的。若是所恋慕的人回来了,他们便要把从前取回来的小石块,再另外加上一块,拿到原地方去,以作感谢和纪念的礼物。

阿丰和她的儿子去参拜这所神庙的日子,到回来的时候,常常已经是夜色围绕着他们了。因为路是很远,而且他们来往须得用小舟渡过那绕着这城市的水田的荒川——这是很要费时间的一个旅行。有时候是连星光萤火都已经在照耀着他们;有时候是连月亮都出了——于是,阿丰便要对着她的小孩儿唱出咏月的出云地方的童谣来:

小泉八云

> 月姑娘,
> 小小的月姑娘,
> 你几岁,今年?
> "十三——九岁呢。"
> 那还年纪轻啊。
> 而年纪轻也是当然,
> 因为红色的腰带子,①
> 绑得那么漂亮,
> 在你的腰间。
> 你肯把它送给马吗?
> "哦,不,不!"
> 你肯把它送给牛吗?
> "哦,不,不!"

蛙群的歌声——音量洪大而像是飞泡沫的合唱。俨然就是土地本身涌出来的声音似的,从那连绵几里的水田中,直冲到蓝色的夜空上去。于是,阿丰便要对小孩儿解说道:那些声音是在说"眼睛痒,眼睛痒!我的眼睛痒,我想睡啊。"

这一切都是快乐的时间。

---

① 因颜色华丽的带子只是小孩子好戴。

阿弥陀寺的尼姑

二

后来，在三日的时间，那永远不可思议的主宰生死的主宰者，一连给予了她的心两次的打击。第一是晓得她常常祈祷着的那温和的丈夫永不会再回来，而已经重复变成那生出万物的尘土了。其后不久，她又晓得她的小孩儿是中国的医生也叫不醒地永眠了。这些事实，只像由电光的闪烁而认到物形般地，在阿丰的眼前显现了。而在这个电光闪烁的时间及过后，便是绝对的黑暗——神佛的慈悲怜悯。

这黑暗过了，于是她便面对着一位名叫"记忆"的仇敌。在人家的面前，她能够像往日似的，做出愉快的笑颜。但独自对着这个相访者（记忆）的时候，她便难堪其寂寞了。她要在席上排着一些小玩具或展开着一些小衣服，而守望它们，细声地和它们说话，而静静地微笑着。但这个微笑总是以突然而大声的哭喊告终。于是，她便在地板上叩头，问神佛许多傻气的问题。

有一天，她想出一个奇怪的安慰事来了——那是人们叫做"Toritsu-Banashi"的一种召唤死灵的仪式。她不能够召唤她的小孩儿回来吗，只在一个短短的时间内？这一定要苦扰着那小灵魂的，但他为着他的亲爱的母亲，便不愿意忍耐一瞬息的苦痛吗？一定愿意的！

053

（要唤亡灵回来的人，须得去找那晓得念咒文的和尚或是神道教的道士，而且须得把死者的牌位拿到道士那边去。

于是，便行着斋戒的仪式，在牌位的前面点灯烧香，唱着祈祷或经文，供奉着花和米。但在这个时候，米是一定要生的。

一切的事情都准备好了，那道士便左手执着如弓形的乐器，而用右手急急地打着，一面呼着死者的名，然后大声这样喊着："来了哦！来了哦！来了哦！"在他呼喊着的时间，他的声调便渐渐地变成和死者的声音一模一样——因为死者的灵魂已经凭着他了。

于是死者便会迅速地答复着被问的事情，然而不断地要这样喊着："快点啊，快点啊！因为我的回来是苦痛的，而且我只有短促的时间好留在此地！"到了问答过后，亡灵便回去而那个道士则失神地把颜脸俯伏下去。

召回亡灵是一桩不好的事情。因为召回了他们，他们的地位便要更坏起来。回到下界去的时候，他们非处在比从前更下的地位不可。

在今日，这种巫术是被法律所禁止了。在昔日，它们算是一种安慰事；但是这禁律是一个好的禁律，而且是正当的——因为有些人是喜欢嘲弄那存在人心中的神性的。）

因此，有一晚，阿丰便在市梢的一所寂寞的小庙里，跪在她的小孩儿的牌位的面前，而听着咒文了。不久，她便从那司仪者的唇上，听到一种她自以为是熟识的声音——比谁都可爱的声音——然而很微弱很细小，好像是微风的叹息。

这个微弱的声音对她喊道：

"快问吧，快一点吧，妈妈！路是很黑暗而且长，我又不能够在这儿留恋耽搁时间的。"

于是她震颤地问：

"为什么我非伤悼我的儿子不可？什么是神佛的正义？"

于是得到了答复：

"哦，妈妈，不要这样地悲伤着我的事情！我所以死只是因为愿你可以不死。因为这年头是个疾病和悲哀的年头——而我晓得你要死的，于是我便祈祷着，而得代你死了。

"哦，妈妈，绝不要为着我哭！为着死者悲哭是不慈善的事情。冥府之路是越过一条泪河的，若是妈妈哭，河中的水便涨满起来，而灵魂不能渡过，非在那儿彷徨迷失不可。

"所以，我恳求你，不要悲愁，哦，我亲爱的妈妈！只请你有时候给我一点点清水。"

三

从此以后，她便不哭了。她又像从前一样，轻快恬静地做一位温和的女儿，而尽了她的孝道。

春来秋往，她的父亲便想替她再找一个夫婿。他对她的母亲说：

"若是我们的女儿再有了一个儿子,她一定会快乐起来,而我们也同样要欢喜的。"

但是更聪明的母亲却答道:

"她不觉得有什么不幸。她是不能够再嫁的。她已经变成一个小孩子,什么烦恼罪恶都不懂得了。"

真的,她已经变成不晓得真正的苦痛了。她开始表现着一种奇妙的嗜好,就是喜欢细小的东西。起初,她觉得她的床太大——这种感觉或许是从失掉了儿子的空虚感所来的吧。以后一天过一天,别的东西也渐渐觉得太大起来了——家屋、亲密的房间、壁龛和置在壁龛的大花瓶,甚至连家内一切的器具都觉得过大了。她喜欢用着孩子用的一般的细小的饭碗和极细的筷子来吃饭。

关于这些事情她的父母都随便她去做,可是关于别的事情她却也没有什么怪想。老父母临终在谈论她的事情。最后父亲说:

"让我们的女儿和别人住在一起,怕是一回很难过的事情吧。但我们已经上了年纪,我们不久便非和她离开不可哦。所以我想,或者我们可以预先使她去当尼姑,替她建立一间小小的尼姑庵,万事便不必担忧了。"

翌日,母亲便问阿丰说:

"你愿意做一位神圣的尼姑,住在一间有很小的祭坛和小小的佛像的,很小很小的尼姑庵里过活吗?我们可以常住在你的旁边。如果你愿意这样的做,我们便请一位和尚来教你念佛经。"

阿丰愿意,而且要求做一套极小的尼姑服。但是母亲说:

"一位好的尼姑,无论什么东西都可以做小的,只是衣服却不行。她应该穿一套宽大的衣服——这是佛陀的规矩哩。"

因此,她终于被说服,穿上和别个尼姑一样的衣服了。

四

他们在从前曾有过一座称为阿弥陀寺的境内,替阿丰建筑了一所小小的尼姑庵。这尼姑庵也称为阿弥陀寺,而供奉着阿弥陀如来和其他的佛陀。里面装置着一个很小的祭坛,坛上放着一些细小的祭具。又在小小的经桌上,放着小小的经文。一切都是小的——小小的屏风,小小的钟鼓,小小的挂画。于是她便在此长住了,从她的双亲死后。后来人们都称她做阿弥陀寺的比丘尼,意思就是阿弥陀寺的尼姑。

离庵门不远的外边,有一个土地菩萨。这个土地神是特别的土地神——是病孩子的朋友。在这土地神的面前,始终有许多小糕饼的祭物。这是表明着有些父兄来替他们的病孩子祈祷着的;而糕饼的数目,便是在表示孩子的年龄。那儿大概都是两个或三个的糕饼,而很少有七个或十来个。阿弥陀寺的比丘尼照料着这个土地神,要替它烧香,自寺园中采花来供奉它,因为在庵寺的背后有一个小小的花园。

她每早在出去捐取布施回来之后,便要常坐在一个小小的织机之前，来织一些很少用得着的狭小的布帛。然而她的织物常常被那些晓得她的故事的商店老板买去；而他们便送她一些很小的杯子，很小的花瓶和一些奇怪矮小的树木给栽在花园里。

她最大的欢喜是和小孩儿们在一起这回事，而她绝不会没有孩子来和她做伴的。日本的小孩子的生活，大多在庵寺的境内过着，因此有许多小孩儿欢欢喜喜地在阿弥陀寺的庭院里玩耍。住在那街上的母亲们，个个都喜欢她的小孩儿在那儿玩，但要叮嘱他们不要嘲弄那比丘尼。"有时候她的行为会很奇怪，"她们要这样叮咛地对小孩儿说，"可是那是因为她从前有一个小孩儿，后来死了，使她做母亲的心太过悲伤了的缘故。所以你们须得温良地对她和尊敬她才好哩。"

孩子们都对她善良，但是不以尊敬之念对她表示十分敬意。他们晓得怎样对她好些。他们常常要喊她比丘尼君，而对她恭敬地行礼，但同时要好像对付自己的小伙伴似的待遇她。他们要和她玩耍，而她要用很小的茶杯盛茶给他们吃，或者是给他们做些小如豆子的糕饼，或是在她的织机上，为着他们的玩偶的衣服，而织些棉布或绸缎来。因此，她便变成了孩子们的亲姐姐一样了。

孩子们日日和她玩，直至他们长大不能再玩为止。以后他们就离开阿弥陀寺的庭院，去开始人生上的较辛苦的工作，变成为父亲母亲，而再使他们的儿子到那儿玩去了。这些小孩子好像他们的父母似的，也晓得喜欢比丘尼君起来。

而比丘尼君则和那些记得她的庵寺被建筑时的事情的人们的小孩儿的小孩儿玩着活下去了。

  人们对她照顾得很好,使她不至于觉得有什么缺乏。他们常把她自己一个人所必要的东西赠给她。因此,她能够随心所欲地款待孩子们,丰富地喂养一些小动物。小鸟儿在她的庵里筑巢,从她的手中吃东西,而学得不会歇在佛陀的头上了。

  在她举行了葬礼以后的几天,一大群的孩子到我的家里来。一个九岁的女孩代表着他们大家说道:

  "先生,我们因为比丘尼君死了的缘故,要来恳求你。他们替她做了一个很大的墓碑。那是一个很漂亮的墓碑。但是我们希望给她一个很小很小的墓碑哩,因为她和我们在一起的时候,她常常说要一个很小的墓碑。石工答应了我们,说我们若有了钱,他可以替我们做一个很漂亮的。因此,我们想你或者能够捐助一点。"

  "那一定的,"我说,"但以后你们便没有玩的地方了吧。"

  她微笑着答道:

  "我们还要在阿弥陀寺的庭院里玩哩。她埋葬在那儿。她会听见我们在玩,而且要欢喜的吧。"

阿　春

阿春大抵在家庭中被养大起来了，由那养成世界上少见的温柔的典型的妇女的旧式教育方法。这个家庭教育，是养成非在日本绝不能养成的单纯的心，举止的自然的优美，服从和忠实的性质。这样造就出来的德行，是太过温柔、太过优美，除了往时的日本社会以外，不大适当的。在新社会很激烈的生活中，这种教养并不是最贤明的准备。所谓温良的女子的，要被教养得能够听凭丈夫的心意才好。他们要教她绝对不要表示嫉妒，或是悲愁，或是愤怒，即使是在不得不嫉妒、悲愁和愤怒的环境之下。他们希望她能够用纯粹的柔和来征服她的丈夫的过失。总一句说，他们几乎是要求她成为一个超人，最少在外表上能够实现一种完全不自私的理想的。而这些德行，一个温良的女子，对于那和她的身份同等、有理解性、而善察她的感情、不会伤她的心的丈夫，是能够履行的。

　　阿春的家门比她的丈夫好得很多，她来匹配他似乎太好了一点，因为他不能够真正地理解她。他们在很年轻的时候就结了婚，起初生活颇穷苦，后来才渐渐地好了起来，因为阿春的丈夫是一个经商的聪明人。阿春觉得在生活不富裕的时候，丈夫对她好得多了；而关于这些事情的感觉，一个妇人是绝少会错误的。

　　她还是替丈夫做一切的衣服，而丈夫要褒奖她的针线做得好。她要奉承丈夫一切的要求；帮助他穿衣脱衣；替他把那小小的家庭弄得非常舒服；在早晨他要去办公的时候便爱娇地送他出门，傍晚回来的时候便殷勤地去接他；对他的朋友招待得非常周到；对他的家内事处理得极其经济，而且绝少要求任何花费金钱的爱顾。而实际上，她也没有要求这种爱顾的必要，因为她的丈夫绝对不会吝啬，而且喜欢看她装束得漂亮——好像一些美丽的银色的飞蛾穿着它自己的翅膀似的——带她到剧场或是别的娱乐场去。她要陪伴着他到种种的娱乐场——在春天则到开樱花有名的地方，在夏夜则到萤火闪烁的处所，在秋季则到枫叶深红的胜地。有时候他们要到舞子的海滨去玩一整天，在那儿是松林俨若舞女般地在摇曳；有时候要到清水的古凉亭去过一个午后，在那儿是一切的东西都像五百年前的一个幻梦，有高大的古树的阴影，有从岩洞涌出的阴冷澄清的泉水之歌，而且常常有一种看不见的洞箫的悲音，悠长地在吹着古调——是一种恰像在落日

阿　春

之上和蓝色交映着的金色的光辉似的，和平与悲哀混合着的音色。

除了这种小小的行乐和郊游之外，阿春很少出门。她唯一的亲族和她丈夫的亲戚，都住在很远的别的省份，所以她很少有访问人家的机会。她喜欢守在家中，来料理壁龛上的花，或是佛坛上的花；来修饰房间，和喂养庭园里池中的驯良的金鱼，这些金鱼一看到她来便会抬起头的。

她还没有生过小孩儿，那种新的欢喜和忧愁还不晓得。虽然她梳着太太式的头，但她的样子却还像个很年轻的姑娘。她还单纯得像个小孩子，可是对于处理琐碎的事情却很有才干，她的丈夫要佩服她，有时连大事情也要谦卑地来和她商量了。或许是因为在这样的时候，温良的心情要比聪明的头脑使他得到较好的判断吧，然而，不管是否出自直觉的心情，她的忠告却未尝错误过。她和丈夫很幸福地过了五年。在这五年间，她的丈夫对她的行为，在一个年轻的日本商人对着一位天性比自己好的妻室所能够表现的程度上说起来，算是极其细心周到了。

后来他的态度突然变冷淡起来了；那是变得太突然，使她感到他突变的理由的确不是因为她没有生小孩儿的缘故。因为找不出实在的理由，她便以为是自己有什么对不住丈夫的地方，自问着她的纯洁的良心，却仍然得不到答复。于是她极力做出许多行为要使丈夫欢喜，可是他依然不为所动。她丈夫虽然不说出什么不亲切的话来，但在那种沉默的背后，她却感到一种想说而被压抑着的言辞。一个身份较好的日本男子，是不会轻易在言语上对他的妻室不亲切的。那要被当为粗鄙和残酷。一位性情端正的有教育的日本男子，连对于妻室的谴责，都要用温和的话答复。照日本的法则，普通的礼貌是要求男子汉取这样态度的，而且这种态度是唯一安全的态度。一位优美而敏感的妇人，绝不肯长久屈服在粗暴的待遇之下；一位有品格的妇人，不难因为受着丈夫在盛怒之下的一言半语而自杀，而这种自杀在做丈夫的是一生的不名誉。可是这儿有一种比言语更厉害的缓慢的虐待方法，譬如那种引起嫉妒的藐视和冷淡。一个日本妻室的确是被教养绝不要表示嫉妒的；然而嫉妒这个感情比任何的训练都要老些，它是和爱同样的老，而且要和爱同样地长生着吧。在她那种冷淡的假面之下，一个日本妻室和她的西洋姐妹们有同样的感情——正和那些表面虽在愉快地开着华美时髦的夜会，心中也不断地在祈祷着那可以使她独自自由地缓和她的苦恼的时候来临的西洋姐妹们，有同样的感情。

阿春是有理由嫉妒的，但她因为心地太像小孩子一样的纯白，所以不会马上就推测到那原因。她的丈夫在平常的习惯，无论是在家或是在别的地方，晚上总要和她在一起过着。但现在却不然了，他每晚要独自一个人出去。最初他说些事务上的口实，到后来竟连口实也不说了，而且绝对不对她说什么时候可以回来。到最近，他并且要用一种沉默的无礼来虐待她。他完全变了，正如仆役们所说："他的心里好

阿　春

像有着魔鬼似的。"而事实上，他是被一个预设的陷阱所巧妙地捉到了。艺伎的一言使他的意志麻木，艺伎的一笑使他的眼睛变瞎。那艺伎比他的妻不漂亮得很多；但她张罗那种缠绕意志薄弱的男子的肉欲的欺骗的网子的伎俩却很巧妙，而且这种网子常是要把人们的全身缠绕得越来越紧，直至他们被人唾弃、破灭的最后的时间为止。阿春不懂得这些。她直至她丈夫那不可解的行为变成习惯了以后，才疑了她丈夫有什么不对处；而且，她这时所以起疑心，也不过只是因为发觉了她丈夫的钱去处不明的缘故罢了。她丈夫绝对不对她说昨晚上是在些什么地方过去的。她也怕问他，因为怕他要以为自己是在嫉妒。她不但不把心中的感情说出，反之要待他极温柔周到；像这样温柔周到的款待，若是一位稍有头脑的丈夫，受之便会了悟一切。可是，她的丈夫除了商务以外，却完全是个蠢包。他继续在外边过他的夜，而且跟着他良心的渐渐麻木，回来的时间也渐渐迟了起来。阿春是被人们教训了：一位好的妻室，在晚上须得坐起来等着她的主人回来。就因为她这样做了，她便神经衰弱了起来，为因睡眠不足而起的发热所苦，为晚来在仆役们照常地都睡着了之后她还要坐着等待沉思所苦。只有一次，她的丈夫回来很迟，对她说道："真对不住，要使你等到这么迟的辰光，请你以后不要再等到这么迟吧！"于是，她怕她的丈夫是真的在为她痛心了，便愉快地笑道："我并不想睡，我也不疲倦，请你不必关心吧。"因此她丈夫便真的不关心她了——他乐得听她的话，而不久以后便在外边过了一个整夜。翌晚也一样地在外边过了个通宵，第三晚也同样。在第三晚的外出，他更连翌早的饭都不回来吃了。于是，阿春觉得做一个妻室到此时不得不开口了。

阿春整个早晨在家里等着，一面在焦虑她的丈夫，一面在焦虑着自己；因为她到头觉察到了，她觉察到她丈夫的邪恶，而这邪恶给予一个女人的伤痕是再深没有了的。她的忠实的仆人对她说了些什么，其余的她可以推测而知。她的身体已经很不好了，但她不觉得。她只觉得自己不过是在愤怒——在自私地愤怒罢了，因为那残酷的，像刺般的，使人嫌恶的苦痛使她这样。当她正在想要怎样才能够把她不得不说，不得不从她的唇上说出的最初的谴责的话，最不自私地表白出来的时候，已经是正午了。既而她的心脏因一个打击而跳动起来了，这个打击使一切的东西都形成眩晕的旋涡在她的眼睛模糊着，浮荡着——因为她听见了人力车的车轮声，而且听到了仆人在喊的声音："老爷回来了！"

她挣扎着到门口去接他。她那纤弱的身体，因发热、苦痛和恐怕自己的苦痛显露出来，在发抖。她的丈夫吓一跳了，因为她不照常地微笑着来迎接他，却是用一只在战栗的纤小的手，捡着他那绸衣的胸襟——用一种好像在搜寻灵魂的断片似的眼睛，在凝视着他的脸孔——而且努力要说出什么似的，可是，说不出什么，除了"你？"这个简单的一语以外。几乎是同在这一瞬间，她那无力地握着丈夫的衣襟的

阿春

手松懈，她的眼睛现着神妙的笑容闭起来；而在她的丈夫还来不及伸手支持她的时候，她便倒下去了。她的丈夫试着要抬起她来。但在她那纤细的生命之中的一缕灵魂已经折断：她是死了。

不待说，这是惹起了一场的惊愕，眼泪、不中用的呼喊她的名和奔走着请医生。但是她依然苍白地、静静地、美丽地躺在那儿，一切的苦痛、愤怒都从她的脸上消去，而好像她结婚日似的现出笑容。

两个医生从公立医院来了——日本的军医。他们毫不客气地追问着——彻骨彻髓地责问，寻根究底地查究那男子。然后他们好像利刃般冷凛而尖刻地对他说了实在话——而让他伴着他的亡妻辞别了。

人们要疑心他为什么不去当和尚，因为他的良心已经觉醒了是很明了的事实。他终日坐在京都的丝织品和大阪的印着图形的布匹的堆积间，热诚而且默默地。他的店员们想他是一个好主人，因为他绝对不严厉地说话。他常常要工作到深夜，他的住址已经搬移了。在阿春从前住过的那间美丽的房子，现在是别人住着；而房主绝对不到那儿去的。这或许是因为他怕在那儿会看见一个纤细的影子，还在栽培花草，或是取着虹般的姿势，弯腰在看池中的金鱼的吧。然而，无论他在什么地方休息，有时在人声静寂的时候，他总会看到这个无言的姿影在他的枕边——在替他缝衣服，把他的衣服

067

弄得精光、美丽，而这衣服是他从前专门穿起来嫖艺伎的。在别的时候——在他的忙碌的生活中最忙碌的时候——当大商店的喧嚣静止时，当他的总清账的符号模糊、消灭时，一个哀诉的细小的声音——这是神佛所不能够使沉默的——便要对着他寂寞的心底，好像责问似的说出一句简单的话："你？"

趋势的一瞥

一

一个通商口岸的外国租界，在它的远东的周围呈着一种显著的对照。在那街道整然的丑恶中，人们要得到那些本是此地所无的一些地方的暗示——俨于西洋的断片被魔力移过海洋的这方面来一般：利物浦、马赛、纽约、新奥尔良等处的小部分，以及远在二万或一万五千英里以外的热带殖民地的街市的一小部分。商业上的建筑物——和那些矮小轻装的日本商店比较起来便显得巨大——好像在表白着经济力的威胁似的。尽我们的想象所能及的各种各样的住宅——从印度人的平房算起至那有尖塔和凸窗的英国式或法国式的别墅为止——全部是被围绕着那修剪整齐的灌木的平凡的庭园；白色的道路则坚固而且平坦得像画板，两边列着那种在木箱中的树木。几乎是凡英、美所惯见的一切东西，全都被移植到此地来了。我们能够看到教堂的尖塔和工厂的烟囱和电柱和街灯。我们也能够看到有铁门的外国砖建筑的货栈，前面有大玻璃窗的商店、步道和铁栏杆。这儿有晨报和晚报和周报；有俱乐部和读书馆和滚球场；有弹子房和酒吧间；有学校和礼拜堂；这儿有电灯公司和电话局；有医院、法院、监狱和外国警察局。这儿有外国律师、医生和药剂师；有外国食品店、糖果店、面包店、牛乳店；有外国男女服的裁缝；有外国的学校教员和音乐教员。这儿有市政厅，可以供市政的事务和一切公会用——同时也可以供常人演剧或是演讲和音乐会用；有时候也有些巡游世界的演剧团，要暂时歇在这儿，好像在本国似的表演一些戏文来使这里的男子笑女子哭。这儿又有棍球场、跑马场和公园——就是我们在英国称为"广场"的一类东西；有游艇会、竞技会和游泳场。又在那熟识的音乐中，我们可以听到练习钢琴的不绝的叮叮当当，市音乐队的砰呼声和时时发出的像喘息般的手风琴声。事实上，听不到的只有手旋风琴一种而已。住民则有英国人、法国人、德国人、美国人、丹麦人、瑞典人、瑞士人、俄国人以及些少的意大利人和里敏特人[①]。是，我几乎把中国人忘记了。他们也聚集很多，独自占领着这区域的小小一隅。但是占优势的分子是英国人和美国人——英国人尤其是最占多数。这些有力民族的缺点和优点，在这儿研究要比在海外研究容易得多——因为在这个小小的社会里，各人对于别

---

① Levantine，地中海东岸诸国的人民。

的各人的事体能够完全知道——这个社会，完全像是在这广漠未知的远东中的一个西洋生活的绿洲。在这儿，不值得写出来的丑事也有，高尚和慷慨的美谈也有：而这些美谈，是关于那些假装为利己，而且挂着假面把自己的好处掩饰起来的人们所做的善行和勇事的。

但是这个外国人的领土，不能够越过那很容易就越过的范围去，而且恐怕不出几年便会消灭的吧——这个理由我就要论及。殖民地的发展常是过于早熟——完全像是美国西部的"骤然发达的城市"（mushroom-city）一般，在它刚刚凝结之后，便马上发展到极点了。

在这租界的周围及前面，"本国城市"——真正的日本城市，是广漠地展开入那完全未知的地域去。在普通的居留民，这种本国城市还是一个不可思议的世界，他们好像是想这些地方，住在租界十年之久，也没有进去看它一次的价值的样子。那对于他们没有趣味，因为他们不是风土习俗的研究者而只是些商人；并且他们没有时间来想那是怎样新奇的一些地方。单单要越过租界线，便像是要渡过太平洋一样——太平洋的广阔和人种间的隔离比较起来还要狭隘些哩。若是独自一个人穿入日本市街的那种无限的狭小的曲径去，狗便要对你吠起来，小孩子便要盯住你，俨若你是他们曾看到的唯一的外国人似的。或许他们要在你的背后呼你为"异人"、"唐人"或是"毛唐人"——最后这个"毛唐人"，意思是说"长毛的外国人"，并不是当做恭维话用的。

二

租界上的商人们长久对于万事的处理非常武断，而强迫日本商人实行一种西洋商人所不肯答应的贸易规例——这规例明白地是在表示外国人的信念，就是以为日本人都是骗子。没有一个外国的商人肯购买什么货物，除了那货物可以长久留在他们的手里，而调查了又调查，经过"彻底的调查"以外；又没有外国商人肯接受什么输入的订货单，除了那订货单，是和"巨额的定钱"一齐寄来的以外。日本的购买者和售卖者虽然反对这种规例，但是没法子，他们终于不得不屈服。但他们在等着他们的时机——只是以一种终于要克服的决心屈服着罢了。外国城市的急速的发展和投资在里面而成功的巨大资本，指示他们晓得在自己能够独立以前，是应该多多地学外国人这回事了。他们惊叹而不敬服，虽然心中深恶外国人，却仍和外国人做买卖或是替他们做工。在旧日本，商人的地位是处在普通的农夫之下的，但是这些外国的侵入者，却僭越地冒着王侯的声色和征服者的傲慢。他们做一个雇主常常是暴戾、残酷的。然而他们在赚钱的上面非常聪明，他们像帝王般地生活着和支出高额的薪金。在日本青年，为着要学那非学不可而可以把国家从外国人的支配下救出来的事物，被外国人使用而吃苦，是心所愿的。将来日本会有着自己的商船及外国银行，和得到外国的信用，而把这些傲慢的外国人驱逐干净的吧。然而在此时他们应该把外国人当为导师般地忍受着。

因此，输出输入的贸易，还是完全地操在外国人的手里，而从空无一物发展到数千万的巨额，日本就这样地被利用剥削了。但它（日本）晓得这只是在缴学费，而且它的忍耐是一种要被误解为忘却侮辱的忍耐。它的机会终于到来了，在万物的自然程序里。渔利的外国人的大批注入，给予了它最初的好机会。和日本人贸易的竞争把旧规例打破了；新的商行喜欢接受没有"定钱"的订货单；巨额的先交款已经不能够再勒索了。外国人和日本人间的关系也同时改善了许多——因为近来日本人呈现着对抗虐待的突然团结的危险性，不会被手枪所恐吓，不肯受任何种类的责骂，而且晓得怎样在数分钟解决最危险的暴徒了。至于那些人民的渣滓——在这个通商口岸的粗暴的日本人，则老早就是稍微触怒，便要取攻势来的。

在租界建设后的二十年时间，那些从前曾梦想到要把这国家全部归他们所有只是时间问题的外国人，现在已经开始晓得他们是怎样地太过看轻这个民族了。日本人学得非常好——"几乎是和中国人一样。"他们代着外国的小商人而起了，外国人的种种商店因为日本人的竞争不得不关闭了。就是在大商行，那种容易赚钱的时代也已经过去，而开始转入困难的时期。在昔日，外国人的一切日用品，须得由外国商人来供给——因此，大零卖业便在批发商的保护之下发达了起来。然而现在租界上的零卖业很明显的是前途暗淡。有的已经是消灭了,其余的也明显地在日日减少。

在目前,商馆中的经济的外国人店伙或是助手,已经不能够住在租界的旅馆中生活。他可以雇一位每月薪俸很少的日本厨子,或是可以从每碟五十文以至七十文的日本菜馆送饭食来。他住在一种"半洋式"的房子里,而那房主便是日本人。他的地毯或是席子是日本制的。他的家具是从日本的家具店买来。他的便服、衬衣、靴子、手杖、雨伞,全都是"日本制"。连那放在他的洗濯台上的肥皂也是刻着日本文字的。若是一个吸烟的人,他可以从一家日本香烟店买到和任何外国烟店品质同样的吕宋烟,而价钱每匣要便宜半元钱。若是他要书籍,他可以从一家比外国书店便宜很多的日本书铺买来,而且可以从比较多和比较好的存书中选择他所要的书本。若是他要摄影,他便到日本照相馆去:没有一个外国照相师能够在日本生活下去的。若是他要古董,他便去找日本店:外国商人要他的价钱是比日本商人贵百分之百的。

另一方面,若是他是有家族的人,他的日常食品便由日本肉铺、鱼铺、牛乳店、水果店、青菜店供给。他也许能够暂时继续从外国的食品店买英国或美国的火腿、咸肉、罐头和其他的一切,但他不久便要发现日本店有同样的货物,而价钱较便宜。若是他喝的好啤酒,那大概是从日本的酿酒厂来的;若是他要一些普通的葡萄酒或是别的上等酒类,日本商店也可以供给,而要比外国的输入商人价钱公道。实在的,他不能够从日本店买到的东西,只是那些他的能力所不能够买到的东西——是那些只有富豪喜欢买的价钱很贵的货物。最后，若是他的家族有谁得了病，他可以请一位日本医生诊察，而那日本医生拿他的医费，恐怕比本来应给外国医生的钱要便宜十分之一。外国医生现在在日本已经是很难过日子了，若是他们没有别的事务做后盾的话。就是外国医生把一回的出诊费低减到一元钱，而日本医生要两元，也依然要把竞争者打败；因为他自己供给你的药，而所取的药价是可以使外国药剂师破产的。不待说，像所有的国家一样，在这儿也是医生很多很多；但是一位有着做公立医院或陆军医院的院长的能力而说德国话的日本医生，他的技术却不容易追随；普通的外国医生实在不能够和他竞争。他不给药方让你拿到药材店去买，他的药材店是在自己的家里或是在他所主宰的医院中的一室的。

这些事实，是从许多之中随便举出来的例子，是在暗示着外国人的商店，即美国所称为store的，不久将消灭下去。其中有些因为日本的小商人的不必要和愚蠢的欺骗，反延长了它们的寿命——就是他们要卖一些装在贴着外国签条的外国瓶子里的可憎的液体，要伪造输入货，或是要模仿商标。但是从全部说起来，日本商人的常识却都强烈地反对这样不道德的行为，所以这种恶弊将来自然会绝灭的吧。日本人的店主很能够老老实实地比外国商人卖得便宜，因为他们不但是能够比外国人简易地生活着，而且能够在竞争中起家立业。

这样的情形在租界内已经相当地被承认着了，但有一种妄想却在流行：大输出和输入的商行是难被攻取的，他们还能够支配和西洋贸易的大势，没有一个日本商行能够抵抗外国资本的重压，或是学得使用资本的商业上的法则。又说：零卖业的确是要没落的吧，但那是小事；大商行将依然地存在，而且要繁昌，要增大它们的能力。

三

在这样外形的变化中间，人种间的真正的感情——东洋和西洋的互相嫌恶——继续地生长着了。在这通商口岸发行的英文报有八九种，大多数每天每天要用嘲笑或轻蔑的文字来发表这种嫌恶的片面。于是，有力的日本报纸便用相当的言辞来驳斥，而惹起危险的反应。这些"反日"报纸若不是实在代表着居留民的绝对多数的感情——我相信它们是代表着的——最少也是代表着外国资本的重压和租界的优越势力。英国的"亲日"报纸，虽然是由贤明的人所主宰，而且发挥着非凡的新闻记者的能力，也不能够缓和那由他们的同业的言论所挑拨起来的强烈的恶感。英文报纸上一揭载对于野蛮和不道德的攻击文字，日本的日刊报纸马上便要用着对通商口岸的诽谤来答复，使帝国臣民的几百万人全部知道。人种问题，由强大的排外团体，渐成为日本的政治问题了；外国租界，公然地被咒诅为罪恶的酝酿所。因此日本国民的愤怒达到极点，幸得政府取着勇断的处置，才把不幸的事变防止了。然而，外国记者却在余烬之上添加火油了。他们在中日战争的初期，公然袒护起中国来。这种政策在战争的期间内继续着。事实颠倒的臆测的记事，轻率地揭载出来；那不可否认的胜利却不公正地被忽视着；而直至战争的胜负决定了以后，他们却又要举出日本"是被放纵得危险起来了"的喊声。后来，俄国的干涉要被拍掌欢迎，而英国的对日同情要被那有着英国人血的人们所咒诅，在这种时候弄这种言辞的结果，是给绝不会宽恕的国民与不能被宽恕的侮辱的。那是憎恶的言辞，而同时是惊愕——由新条约的签字所惹起的惊愕的言辞，这新条约是要把一切的外国人置在日本的司法权之下的；那同时也是恐怖的言辞，这恐怖并非完全没有根据，就是恐怖那背后有着全国民的、新的可怖的排外运动要再起来。而实在，这种运动的征候，在那侮辱嘲弄外国人的一般的倾向，和那虽然罕见而有意义的暴行之中，很显然地呈现着。日本政府又觉得有再发布告和警戒国民愤怒的示威行动的必要了，而这种警告一发，他们便马上停止了。无疑地，这样的停止，大部分是因为认识着以海军称雄的英国的友谊的态度和晓得在一旦世界和平有危险的时候，英国对日本的政策的价值的缘故。而且，英国是首先表示日本的条约修改可能的国家，不管它（英国）自己的在远东的臣民的热烈的反对。所以日本国民的首领们大都要感谢着。如果没有这种关系的话，那么，居留民和日本人间的憎恶，恐怕真的要惹起完全和所怕的一样的结果都说不定哩。

不待说，起初相互的敌意是人种的关系，所以很自然；但是到后来所发展的愚蠢的猛烈的偏见和恶感，却是渐渐增大的利害冲突所难避免的结果。真的能够理解这种情形的外国人，是不会抱着和解的希望的。人种间情绪的差别，言语、风俗、信仰等墙壁，好像是再过几世纪也依然不能够超越的样子。虽然有些能够直觉地互相了解的例外的人物，因相互的接触而生出温暖的友情之例；但大概，外国人的不了解日本人，正和日本人的不了解外国人一样。但比不了解更对外国人不利的，就是他们处在侵入者的地位这个简单的事实。在普通的情形之下，外国人是不必想得到和日本人同样的待遇的：这不单是因为他有较多的金钱，而且是因为他的人种不同。除了专门靠着外国生意的日本商店以外，普通的定则是：对外国人有对外国人的价钱，对日本人则有另外一个定价。如果你要进一家日本戏院、演艺馆，或任何种类的娱乐场，就是连要进一家客店，你也须得交付事实上的国籍税的。日本的职工、劳动者、店伙，是不会照日本人的工钱来替你做工的——除非他们是为着工钱以外的一些什么目的。又，日本人所开的旅馆——除了那些专门为着欧美人开设的以外——绝不会用普通的价钱来算你的账。为着要维持这种法则，大旅馆的组合便产生出来，而这个组合可以支配全国几十百的旅店，可以指挥各地的商人和小客栈。有一种很堂皇的告白，就是说：因为外国人比较的麻烦，所以当然要比日本人多付钱，这是实在的。然而在这个事实之下，人种的感情很明显地潜藏着。那些在大中心地的，只为着日本的旅客而建设的旅馆，是不把外国的旅客放在心上的，而且常常要因为招呼外国人而致受损失——这，一部分是因为有钱的日本人不喜欢宿泊着外国人的旅馆，一部分是因为外国人喜欢独占一间房子，而这一间房子若是租给日本人，他们五个或八个地做一团共住，便比较的有利益些。关于此事，还有一件不被一般人所知道的事实存在，就是在旧日本，对于劳力的报酬问题是一任着客人的意志这回事。日本的旅馆通常是差不多用实价供给饭食的（现在在乡下的客栈还是这样），他们的真的利益，完全靠着顾客的良心。由此，所以在日本旅馆有着给"茶钱"这个重要的惯例。没有钱的顾客给一些小意思，在有钱的客人，则多大的赏与是被期待着的——照着服务的程度如何而定。同样地，用人也是比着希望自己所做的工作的价值，还是希望主人的能力所能够给的报酬些；一个职工若是替一位好的主顾做工的时候，他是绝对不喜欢说出价钱的：只有商人就喜欢讲价钱来榨取顾客——这是商人阶级的不道德的特权。应付的钱委诸客人的意志这个习惯，在和西洋人做买卖的时候不会得到好结果，是可以容易想象得到的。一切的买卖，在西洋人看来都是一种"事务"，而事务在西洋并不在纯抽象的道义观念之下处理的，最多也只在比较的和部分的道义心之下行动着。一位慷慨的人极端不愿意凭着自己的良心的决定来给自己所求的货物的价钱,因为,除了他精确地晓得那物品的价钱和劳力的代价以外,他总要觉得那是在强迫他付给过多的样子。同时,在卑鄙的侪辈,他们便要利用这种情形,尽可能付给差不多等于无的金钱。因此,所以和外国人交易的日本人,便规定出特别的价格来了。可是这交易本身,因为人种的反感,照这情形如何总多少要出于攻击的。外国人不但是对于各种熟练的劳动者须得付给较高的工钱,而且须得签印较贵的地租契约和服从较高的房租。就是一个最下级的日本仆人,也能够在外国人的家庭里得到高价的工钱,而且他们还常是不肯做久长,因为他们嫌恶被要求的工作。连那受过教育的日本人希望受着外人雇用的明显的热心,也要常常被误解。他们实在的目的很简单,大都是要来学习将来可以适应于日本的商行、店铺、旅馆等同种类的业务罢了。普通的日本人,他情愿替本国人每天做十五小时的工而取较少的工钱,但不愿意替一个外国人每天只做八小时工而拿较高的代价。我曾看过许多大学的毕业生在当仆人,但他们的目的只是在乎学习一些特别的事情罢了。

四

实在的,就是一个最钝感的外国人,也不会相信那合着他们的全部精力要获得国家的绝对的独立的四千万国民,肯甘心把一国的输出入的贸易委诸外国之手的——尤其是在目击着通商口岸的情形之人。于领事裁判权的保护下的在日本

趋势的一瞥

国内的租界之存在,已经就是对于国民的自负心的一种不绝的愤激之种子——一种国民的弱点之指示。在印刷物上、在排外团员的演说词中、在国会的演说中,都这样地表白着。但是想支配日本的全部贸易的国民的热望和对居留民的外国人的间歇的排外示威运动,只惹起了一时的不安而已。外国人很有自信地要这样主张着,就是说:日本人想排除他们的磋商者外国人的一切企图,只能够伤害及他们自己罢了。租界上的外国商人们,虽然对于他们将要处在日本法律的管辖下的这种形势在表示着惊愕,但除了由于犯着那法律所受的失败以外,他们绝对不会想象到日本人对于大资本的攻击有成功的可能。日本的"邮船会社"在战争中一跃成为世界上最大的汽船公司之一;日本在直接地和印度及中国贸易;日本人的银行支店在海外各大工业中心地设立着;日本商人在送他们的儿子到欧美学习健全的商业教育:这些事实,在外国商人看来也是不足介意的小事。就是日本的律师在获得着多数的外国顾客,日本的造船技师、建筑技师及其他的技师在代替着政府佣聘的外国人等事实,一点也不会使他们联想到那支配着欧美的输出入贸易的外国经理店,将来有被驱逐的可能。他们以为商业机关在日本人手里一定不中用;以为对于别项职业的能力,绝不能够预卜商业上的潜伏能力。他们相信投在日本国中的资本,一定不会被任何对抗他们的团结所威胁得成功。有些日本商行能够经营小规模的输入业吧,然而输出业却要求对于欧美商业情形的完全知识和日本

081

人所不能够获得的信用和联络。然而，外国输入商人和输出商人的这种自信，却在一八九五年七月被简单地击破了。事实是这样：一家英国商行在日本法庭对一家日本公司提起了诉讼，因为那日本人公司拒绝接受订货的缘故。结果，英国商行得到胜利，可以取得约三千元钱的赔偿金，然而它却突然发现了一个向来没有想到的有力的日本公会起来对抗它，威吓它了。败诉的日本商行并不反控法庭的判决：它表示，被要求的时候马上可以把赔偿金全部付出。但是这日本商行所属的公会却劝告那胜诉了的原告和解，说那结局是他们的利益。这时，英国商行便发现一个经济绝交（boycott）——波及全帝国的一切工商业中心地，而可以完全使它破产的经济绝交的威胁了。于是，和解马上便在外国商行的大损失的条件下成立了起来，而租界上的外商都相顾失色了。这时，也有许多对于此种不道德的行动的非难之声。可是，这是一种法律所无可奈何的行动；因为经济绝交是法律所不能够满足解决的问题。而且由此，可以确证日本人有能力强迫外国商人服从他们的指令——不由公正的手段便由卑劣的手段。巨大的公会由许多大工商业者组织起来，这公会的行动，完全由电信统一着，能够破灭反对者，又能够蔑视法庭的判决。日本人在先前曾试过若干次的经济绝交，但都不成功，便被认为他们没有团结的可能了。但这个新的情势已经表现出他们在失败中是学得了多少经验，和这个团体若更加改良起来，他们纵使不能把外国贸易完全收在自己的掌握中，也可以预期得到支配它们了。此后第二次的大飞跃，恐怕就是国民的热望——"日本只是为日本人的日本"——的实现吧。即使他们的国土还是要为外国租界开着，但外国的投资将永远处在日本人团体的意志之下生存的吧。

五

以上简短的现状叙述，很足以证明日本的有意义之社会现象的发达吧。不待说，在新条约之下所预期的国土之开放，工业之急速的发展，和欧美贸易额的年年之大增加，大概是会招致外国居留民的增加的。而这个一时的结果，恐怕会欺骗着好多人，使他们误算不可避免的大势吧。然而在富有经验的老商人，便是在现在，他也晓得说通商口岸的将来的发展，实在就是意味着日本人的竞争的商业之发展，而终于要把外国商人驱逐出去的。成为另一个社会的外国租界将消灭，而所剩的只将是些和存在于文明国的各重要商港一样的、少数的大经理行吧。被放弃的租界的市街，和处在高地的高贵的洋房，将为日本人所占有的吧。巨大的外国投资，将不能够侵入日本的内地。就是基督教的传道事业，也终归要委诸日本的传道者的吧。因为正如佛教直至把它的教义宣传完全委诸日本和尚之时为止，绝不能够在日本生着巩固的根基一样，基督教也将不能够在日本形成任何巩固根基，除非等至它被改造得和这个民族的情绪的及社会的生活相调和之时。然而就是这样地被改造了，除了一些小分派的形成以外，要希望它整个的存在怕也是万难的。

　　社会的现象用比喻来说明最好，在许多的方面，人类社会很可以生物学地比为一个有机体。无论什么有机体，若是它的组织中被强迫地插入了异类的成分，而这成分又不能够同化的时候，便要惹起刺激或分解作用，直至那异分子自然地被除去或是人工地被割掉为止。日本则正由着这个异分子的排除而在渐渐地强健化。而这种自然的过程，是在那要收回一切的租界、要废止领事裁判权、要使帝国内的一切事物不处在外国人的支配下等的决心中表现着的。这种过程，也在那外国雇用人的开除中，在那日本信徒对于外国传道者的权威所提起的抗议中，及对于外国商人的断然的抵制中表现着。在这个人种的运动的背后，还有一个人种的反感以外的东西潜藏着：就是一个确信，以为受着外国人的帮助是证明国民的无力，以为在输出入的贸易操在外国人手里的时间，帝国便是在世界的商业界之眼前献着丑态。日本大商行的多数，已经完全脱离了外国经纪人的支配；和印度及中国的大贸易已经在由日本的汽船公司经营；而和南美诸国的大交通，不久也将由"日本邮船会社"所开了，为着要直接输入棉花。可是外国租界依然是成为刺激的永远的源泉。只有因国民的不屈不挠的努力所获得的商业上胜利，才能使这个国家满足，而且要比和中国的战争更证明着日本在世界各国间的真正地位吧。这个胜利，我想，是一定会成就的。

六

　　日本的将来怎样呢？这，无论谁也不敢根据着那要继续到将来的现状的臆断，而下任何明确的预言的。然而可怕的战争之有无暂且勿论；又内乱的结果，宪法被无期地抛弃，军政的复古——穿着近代军服的军阀的复活等之可能否，也暂且勿论；总之，无论好坏，大变化的来临是的确的吧。然而当为这些变化是当然的，我们也可以根据着这个民族将经过急邃有为的转变时代，而继续用最有效果的方法来吸收它新得到的知识的这个有理由的假定，而下一些有限制的预言。

　　在体格方面，我想，日本人在二十世纪还没有终结之前，一定会比现在好很多起来的。对于这样的确信有三种的好理由。第一，是帝国内的强壮的青年的有组织的军事和体育的两种训练，一定会在数代之中生出和德国的军事教练所生出的结果那样好的——身长的增加，胸围的加广，筋骨的发达。第二个理由是，都会的日本人已经在开始吃多滋养的食物——肉类，这营养丰富的食物一定要得到发育良好的生理的结果。无数的小菜馆已经在各处出现，供给和日本食一样便宜的西洋菜。第三，是由教育和征兵制度所生的必然的结果——结婚的迟延，一定会产生越好的小孩儿来的。早婚现在已经成为例外而不是通例了，所以体格孱弱的小孩儿的数目将减少的吧。在现在，无论在什么日本人的群众中，都可以发现到身长非常差异的例子，这，足以证明这个人种若在严格的社会训练之下，体格的大发达是可能的。

德义的进步很少希望——或者要适得其反。古时日本的道义理想，最少也和我们的理想有同样的高。而在家长制度的恬静仁慈的时代，人们确实能够照那理想生活下去。照政府的统计，那时的不信、不正直以及其他丑恶的罪过比现在少，犯罪的几率在这数年间的确只在增加——这当然有种种的原因，但主要是因为生活斗争困难起来了的缘故。昔日的男女贞操的标准，照着舆论所发表，说是属于比我们的社会不开化的社会的。然而主张他们的道德实在比我们的道德低这句话，我却不敢相信。在某一点看起来，他们还要比我们好，因为日本妻的贞节，无论在哪一个时代，普通是无可疑义的。①若是男子的道德，则比较地多有可非难之处，然而不

---

① 有人说日本语没有表现贞操这个意思的词。这是真理，那么我们也可以说英文中没有表现贞操这个意思的词了。因为名誉啦，道德啦，纯洁啦，贞操啦这些语言，全都是从别国语采用进来的。试翻开任何良好的日、英词典看吧，那么你便要发现许多表现贞操的文字吧。因为"贞操"这词是经过法文而从拉丁文传来，才变成为英语的，便说它不是现代英语，真是可笑之至。同样，在千余年前便已经变成了日本语的那些关于道德这一类的汉字说它们不是日本语，也是愚蠢到了绝顶。这种话，正像传道者关于这一类题目的话的大部分一样，不但不合理，而且还要误人；因为要使读者至于推论没有名词便没有形容词了——可是表示贞操这个意思的纯日本语的形容词却很多。而最普通的形容词，是适用于两性的，而且有若毅然、严格、不动、诚实等的旧日本的意义。在某国语中缺乏了某抽象的文字，绝对不是表示着某国缺乏某项具体的道德观念——这个事实常常要指示给传道者们知道，但他们终于是不了悟。

必引证列基①的话，我们也不能说西洋的情形比较他们好很多。早婚被奖励了，为着要防备青年堕入放荡生活的诱惑中去，而在大部分的事实上，这目的可以说是达到了。娶妾，这个富人的特权，虽有它的弊害的方面，然而同时也有把妻子从不断地产生小孩儿这个生理的过劳救出来的效果。他们的社会状态和西洋的宗教所臆断为最善的有非常的悬隔，所以对于他们的公平判断，不能够委诸西洋牧师的。最少有一个事实是无可争辩的——就是娶妾制度把卖淫业限制了，许多大城市——王侯们的居地——不许有娼寮的存在。若把一切的事实公平地考察起来，我们便要发现旧日本，不管它是家长制度，就是在性道德这一方面，也要比西洋诸国少有可以被非难的地方吧。人民是比他们的法律所要求的还要善良。但现在的两性关系已经被新的法典所规定了——实在现时是有新法典的必要的——由这新法典所起的变化虽然是很有希望，然而要马上就得到良好的结果则恐怕不可能吧，突飞的改革不能出法律造就。法律不能直接创造情操。真的社会的进步，只能够由长久训育教练所发展的道义的情操的变化而成就。同时，人口增加的压迫和竞争的激烈，将促进智力的进展，而使性情暴躁，利己心发达。

　　于智力方面无疑地会大大地进步起来，然而它的进步不会像那些以为日本在三十年的时间完全变形了的人们所说的

---

① William Lecky，英国的历史学家，著有《欧洲道德史》。

那么急速。科学教育无论是在民间要普及到怎样的程度，但实际的智力不能马上就高到和西洋的标准相齐。一般的能力在此后数代之间一定还是低下的。很显著的例外当然是会不少的吧，而智力上的新优秀阶级在显现着也是事实。然而国民的真的将来，是靠着大多数的一般的能力，而不是靠着少数者的异常的能力的。恐怕特别是要靠着现今到处在热心地研究的数学能力的发展而定吧。在现在，数学是日本的弱点。年年有大群的学生，因为数学试验不能及格，以致不能升入高等教育的学府，但是在陆海军士官学校，则呈现着这个弱点可以矫正的结果了。在科学研究中最难的这一科，对于那些在这一学科能够显露头角的人们的子孙，将要变为不很困难的吧。

在别的几点，一时的后退是可以想见的。而这种后退的程度，一定是和日本想企图着它的普通能力所能及以外的事情的程度相同——或许要更后退得厉害些。这种后退是自然的，同时也是必然的。那不外是为着更强更高的努力的一种恢复准备罢了。这种的征候，就是在现在，在政府的某部的工作中，也可以看得出——尤其是教育部更其显然。想强把在西洋学生的平均能力以上的学科课诸东洋学生，想把英语当做国语或是最少当做国语之一，又想靠着这样的教训来改良祖先传来的思想和感情这些理想，是一种粗暴的计划。日本非把自己的灵魂发展不可：它不能够借着别人的。有一个把终生献给语言学的亲友,有一次在谈论关于日本学生间行为的堕落的时候,他对我说道:"唔,英语本身,就是一件对于败坏风纪有力量的东西!"在这句话中有着深长的意义。要使全日本国民学习英文(关于他们的权利则永久在说教,关于义务则绝对不会说的民族的国语)这种计划,几乎是一种轻率。这个政策是太过大规模又太过突然了。那惹起金钱和时间的大浪费,而且要助成道义的感情的崩溃。将来日本的学习英文,将如英国的学习德文一样。虽然,这个英文的学习,在某方面即使是徒劳,在别的方面绝不会是徒劳无益。英文的影响,将使日本国语生起变化,使它丰富,使它应用自如,使它能够表现由近代科学的发现所产生的新式的思想。这种影响将永远地继续下去。被日本语所吸收的英语一定会很多,恐怕法国语和德国语也是一样的吧。而事实上这种吸收的显著,已经在有教育的阶级的言语的变化中看得出了,正如通商口岸的日用语一样,那是混合着珍奇的变形着的外国商用语。还有,日本语的文法的组织,也要受着影响。我想,这是在证明着日本的国语,正如日本国民的天禀一样地容易同化,表示它能够适应新环境的一切要求。

到了二十世纪,日本将要比现在更感激地怀念着外国的教师吧。然而它对于西洋,将绝对不会像明治以前的时代对于中国那样地,感着一种对于恩师的尊敬之念吧。这原因是因为中国的学问是他们自动地去寻求,而西洋的学问却是受着强迫去学的。在日本，将有日本流的基督教的宗派存留着，但是日本的怀念英美的传道者，将不及它现在还在怀念着那曾经教训过日本青年的中国圣僧那么殷切吧。它是不会把我们逗留时的纪念物，用七重的绸缎慎重地包着，而保存在美丽的白木箱中的吧。因为我们没有什么新的美的教训来教过它——没有什么可以感动它的情绪的东西。

因果的力

> 爱人的脸和旭日的脸不可仰视。
> ——日本格言

一

近代的科学告诉我们初恋的热情在当事者是"绝对地先行于一切经验的"[①]换句话说，这感情在一切的感情中好像是最个人的样子，而其实却一点也不是个人的事情。哲学在很早以前也发现了同样的事实，而说明这种恋情的神秘之推理，是再有趣没有的了。科学，直至现在，关于这个题目只严密地提供着仅少的推察而已。这实在是一件憾事，因为形而上学无论何时都不能够适当提供详细的说明——无论是说被爱者最初的一瞥，要在爱人的灵魂中唤起神圣的真理之某种隐伏的生前的记忆；或是说恋情的幻影，是由于在搜求色相的未生的灵魂所造就：这些说明都不能够给我们满足。然而科学和哲学关于一个极重要的事实却意见互相一致——就

---

① 先天的之意。斯宾塞：《心理学原理中的感情论》。

是说在恋爱的人们,他们本身是没有什么选择的,他们纯粹是受着一种外力的影响罢了。科学对于这一点的说明更加明确:它说初恋的责任是在死者,不是在生者。那么,在初恋的感情中,便好像有一些幽玄的记忆存在着了。不待说,科学是不像佛教的,它并不说在某种特殊情形之下,我们可以想出前生的事情。用生理学做基础的心理学,连对于个人意味上的记忆遗传的可能,都加以否认。但它却承认那比较的有力的,虽然是比较的漠然,记忆——不可以数计的祖先的记忆之总和——数不尽的几兆亿万的经验之总和,是遗传的。这样,它(心理学)便能够解释我们的最不可解的感觉——矛盾的冲动,不可思议的本能和一切看来似乎不合理的爱惜、憎恶之念,一切漠然的喜悦或是悲哀的感觉了:这些是不能够用个人的经验说明的。可是这个心理学,关于初恋却还没有余裕来对我们详细解释,虽然在和那看不见的世界的关系上,初恋这个感情算是一切人类的感情中的最玄妙而且最神秘的。

在我们西洋,这个谜是这样呈现着的:一个照常地强健地长成起来的青年,起始要走入一种退化的时期。在这个时期中,他对于女性,因意识着自己的肉体的优越,而要生起原始的轻蔑之情。但正在这个时候,常和少女们的交际这回事引不起他的兴趣的时候,他便突然变得狂热起来了。一个向来没有看到的少女从他的人生道上走过——和别的人们的女孩没有什么差异,而在普通人的眼睛看来一点也不足惊叹的一位少女。在这一瞬间，血液便好像巨浪般地在他的心脏里冲击，而且他的一切感觉都要被搅乱了。以后，直至他这个狂热终止，他的生命完全是属于那个新发现的女性的，虽然他关于那个少女的事是一点也不知道什么，除了晓得太阳光若触到她的时候便要变得格外美丽似的这回事以外。没有人的知识能够把他从这个魔术中解救出来。但这个魔术是谁的呢？是不是那活偶像所有的力呢？不，心理学教我们道：那是潜在偶像崇拜者的心中的死了的祖先的力，是死者布下了这个迷魂阵的。爱人心中的激动是祖先的激动；和一少女的手最初接触时所发生的那种像电气般地在他血管中驰走的战栗，也同样的是祖先的战栗。

但为什么他们（死了的祖先）只要着她？为什么他们不要别的女性？这是这个谜的较深之点。德国的大厌世家所给我们的解释和科学的心理学不很调和。死者的选择，进化学地思量起来，与其说是根据着预知，倒不若说是根据着记忆的。

实在的，有这种浪漫的可能性；就是因为在前世爱了他们（死了的祖先）的一切女性的面影，好像复合照相似的，在她的姿容上复活着的缘故，所以他们要她。同样，也有这种的可能性：就是他们所以要她，是因为他们在过去爱不到的一切女性的合并的魅力，有几分在她的身上再现着的缘故。

若是取这个更其梦幻的理论，那么我们便不得不相信热情这件东西，纵使是被埋没了又被埋没，也不会死灭或是休止的。空空地白爱了一场的人死了只是外观上为然，而其实，他们为着要充满自己的愿望，是继续好几代都生存在别人的心中的。他们等着，永远在把他们那漠然的记忆的文章，织入青春的梦里去，而在等着——或许要经过几世纪以后——他们所钟爱的形象之再现。因此，世间因为永远不可知的女子，常常有不能达到的理想，或是什么苦恼的灵魂这些事情的发生。

然而在极东的思想却不然。我现在要写的是关于佛陀的解释法。

二

最近有一个和尚在特殊的情形之下死了。他是一座庙里的和尚，这庙是属于古净土宗派的，在大阪附近的一个村落里。（我们坐着关西路线到京都去的时候，在火车中可以看到这座庙宇。）

他是一个年轻的、热心的、很漂亮的——要当和尚是太过漂亮了的和尚。女人们说，他的容貌好像是古时做佛像的名师所做出来的阿弥陀佛那样漂亮。

在他的教区里的男人们，都以为他是一个纯洁和有学问的和尚，这是不错的。但女人们却不只是想及他的道德和学问而已：因为他有着一个不幸的魔力，这魔力和他的意志没有关系，可以引诱她们。他要受着她们非宗教的赞美，连在别教区的女人们也一样。她们的赞美要妨害他的研究和搅乱他的参禅。她们要找出堂皇的口实，常常来庙里参拜，但只是为着要看他和他说话；而发些他的义务应该答应的疑问，或送些和尚所不能拒绝的祭品。有些女人更要问些不是宗教上的、而可以使他脸红的事情来。他生来就太过温柔，不会用严厉的话来保护自己；连那些从街上来的女人，对他说出乡下女子所绝对不能说出口的话，说出可以使他严厉地令她们滚蛋的话来的时候，他也是没有法子对付。而他越怕那些腼腆的姑娘们的赞美，越怕那些不知羞耻的女人们的谄媚，迫害便越增加起来，直至成为他一生的灾难为止。[①]

他的双亲很早就逝世。他没有俗事羁身：他只爱他的职务和属于职务上的研究，他不愿意想些傻气和犯禁律的事情。他的异常的美貌——活偶像的美貌——只是他的一个不幸。有的好在一种使他连讨论的勇气都提不起来的条件之下，愿把财富给他。许多女子是投在他的足下求他的爱而得不到。情书不绝地送到他的手里来，但是永远得不到回复。有的写些古典的像谜一样的文句，说什么"面影上的浪痕"，或是"虽然分离终于要相逢的小河"这些。有的则不弄什么技巧而很明白温柔地，把那充满着悲哀的一位少女的初恋告白出来。

这些情书，最初也不能打动这个青年和尚的心，在外观

[①] 在日本，戏子对于那下级的多情女子，也常常有着和此同样的魔力，而且要残酷地利用它。可是和尚，实在的，利用这样的魔力很少。

上，他就好像是容貌和他相仿佛的佛陀一样地镇静。然而，在事实上，他并不是个佛陀，而不过是一个柔弱的人罢了，所以他的处境很是艰难。

在一个傍晚的时候，有一位男孩儿拿一封信到庙里来给他，在他的耳边细细声地说出了送信人的名字，使走入黑暗中去了。后来据一位侍僧的口供，说这个青年和尚把信看完，再收入信筒里，放在席子上的坐褥旁边。以后他便长久地坐着不动，好像是沉入冥想中的样子了。既而他拿出砚匣，写了一封信，信面是写交给他的长老的，置在写字台上，于是他便看看时钟和火车的时间表。时候还早，是一个有风吹和黑暗的夜。他暂时间俯伏在佛坛之前祈祷着，然后急急地走出庙门，走入黑暗中去，恰好及时地走到铁道上，面着那从神户赶来的特别快车的咆哮和突进，跪在轨道中央了。再过一瞬间，那些从前曾经赞美过他的不可思议的美貌的人们，就是借着灯笼的光，一看到那血肉模糊地涂在铁轨上的他的残骸，也要大声惊叫出来的吧。

写给他的长老的书信被发现了。里头只写着他感到精神的力量离开了他，为着防范犯罪，所以决心自杀这些简单的话而已。

别的一封信还是留在他放置的原处——地板上。这封信是由女子的口调写出来的，里头一语一句都含着谦逊的爱慕之音。像别的这一类的一切书信一样（它们是绝不由邮局递送的），这封信没有记着日子，没有记着寄者的名字，也不签着起首字母，而信封面上也不写着住址的。用我们的较粗糙的英文译起来，大意如下面那样：

> 写这样的信来给你，实在是僭越得很，但我总觉得非对你说不可，所以终于写了。身份卑贱的我，在那个彼岸的盛会的时候看到你的姿容，便开始沉思起来了，从那以后，我一瞬间也不能够忘记。而且思慕你之心是与日俱增地长大起来；当我睡着的时候我梦见你；当我醒时看不到你的时候，我的心便要充满着黑暗的空虚，只有暗哭罢了。请恕我，因为我在此世生为一个女子，这也许是它的奢望之罪吧——对一位身份那么高的人，要表白我的欲求，欲求他不要嫌恶我的这种奢望。为着思慕这样优越的人，而使我的心受尽苦楚辛酸，是怎样的愚蠢和不谨慎哟！但只因为晓得自己不能够压服这个心，所以便把这些从心的深处涌出来的可怜见的话，用我这不会生花的笔写出来，而且送给你看了。希望你想我是值得可怜的女子；恳求你不要复我一个残忍的回音。又请你以为这封信只是我卑微的心情的流露而怜悯我吧。请你，即使是用一点点的慈悲，俯察而正当地判断我这颗心吧——只因它孤独的大苦痛，所以胆敢寄信给你了。时时刻刻都

在希望和等着你的好回信。

敬祝万事佳善。

即日——与温慕的、可爱的、尊贵的人

你所亲知的寄。

三

我去访问一位日本朋友——一位精通佛学的人，问他一些关于这个事变的宗教的观察。虽然这自杀事件是人类的弱点的一个告白，但在我总觉得是一桩壮烈的行为。

然而那位日本朋友却不觉得是这样。他反而斥责这种行为了。他提醒我说，一个人为着要避免犯罪而想及自杀，只是这样，佛陀便评定他在精神上是没有和圣者为伍的资格了。那个自杀了的和尚是属于释尊呼为愚者之一的。只有一个愚者，才会想到毁灭自己的肉身，便连他身中的罪恶的源泉也毁灭了。

"但是，"我抗辩，"这个和尚的生活是纯洁的……假定他是为着防备自己会无意识地使他人犯罪，而才求自杀的，那么便怎样呢？"

我的朋友讥笑了。然后他说：

"从前有一位日本的姑娘，她的身家是高贵而且容貌很美丽，她愿当尼姑。她到一座庙里去，把她的愿望说明了。但庙里的长老对她说道：'你年纪还很轻。你是在殿中生活过来的。在俗界的眼睛看起来你很美丽。而且，因为你的美貌，回到俗界的快乐里去的这个诱惑，将来是会来临的。还有，你现在这个愿望，或许是因为些一时的悲哀而起的。所以，我现在不能够满足你的要求。'但她还是恳求得很热心，直至使长老以为快点离开她的好为止。那长老是走了。那儿有一个大火钵（hibachi）——一个炭火熊熊的火钵，房中只剩着她一个人。她把火钵中的火箸烧到红热起来，然后可怕地用它们刺伤自己的样貌，把她的美丽永远破毁了。那时躲在里面的长老，闻到火烧的气味，吃了一惊急急跑回来，一看到这种情状便非常地悲叹了。但她再恋求，她的声音中一点也没有震颤：'因为我美丽，所以你拒绝收留我。现在你可以收留我吗？'于是她便被收留入了道而成为一个尼姑了……好，这样你以为哪一个聪明些呢，这个女子还是你要称赞的那个和尚？"

"但把颜脸弄丑便是那个和尚的义务吗？"我问。

"当然不是！就是那个女子，若是她的行为单单是为着防御诱惑，便很无价值了。无论哪种的毁损自己的身体，是佛法所禁止的；而她犯了这个禁律了。但因为她的烧毁颜脸，是只为着要即刻入佛门，而不是为着恐怕自己的意志不能够克服罪恶之念，所以她的罪过便小了。反之，那个和尚的自杀，却犯了一个非常重大的罪过。他应该努力使那些诱惑他的女子改心信奉佛道。他的意志太薄弱不能够遂行这个。若是他觉得自己没有能力守和尚的清规，那么，他便还俗。努力去信奉那些非属于法门的规律好了。"

"那么，若据着佛教的说法，他便不会得到什么善果了哩？"我问。

"很难说他会得到善果的。只有不晓得佛法的人，才会称赞他的行为。"

"那么照着那些晓得佛法的人们的意见，结果便怎样呢，他的行为的因果？"

我的朋友沉默了一刻，然后他深思地说：

"关于这个自杀的全部实情，我们不能够完全知道。恐怕这不是第一次的自杀吧。"

"你是不是说他在前生，也曾为着要避免犯罪而自杀过的吗？"

"不错。或者在几代以前的前生。"

"他的来生怎样呢？"

"只有佛陀才能明确地答应这个疑问。"

"但佛教是怎样说法的？"

"你忘记我们不能知道那个和尚的心这个事实了。"

"假定他只是为着要避免犯罪而求死的话？"

"那么，他便要再三再四遭遇着同样的诱惑，和受着这个诱惑所生的一切悲哀和苦恼，几千万次都算不定，直至他晓得克服自己为止。无论死了若干回，也不能够逃脱'克己'这个最高的任务的。"

辞别了我的朋友之后，他的话继续地留在我的心上，就是到现在也还是留着的。这些话，使我对于此篇第一节所记述的学说，生起了新的想念。我自己还不能够断言他那种关于恋爱的不可思议之奇怪的解释，是比我们西欧的解释少了一些可以令我们考究的价值的。我想，诱人去死的恋爱，比着那被埋没了的热情的饥饿，未必便没有更深的意味吧。这种的恋爱不可以说是意味着那长久被忘却了的罪过所不可避免的惩罚吗？

一个守旧者

> 虽然是来到天涯海角的日落处，
> 　　大和的绸缎颜色也不变易。

一

他生在内地的一座城市，那儿是俸禄有三十万石的大名[①]坐镇之处，没有外国人来到过的。他的父亲——一位显贵的武士——的邸宅，建在那围绕着大名之城的濠之外郭境内。那是一座很大的邸宅，在它的背后和周围是风景很好的许多花园，里头有一座花园，里面建立着一个小小的军神祠庙。在四十年前，这儿有许多像这样的邸宅。自美术家的眼睛看起来，现在还遗留下来的少数的这种邸宅，便好像是仙女的宫殿，而那些花园便如佛教的极乐土之梦一般。

但在那时候，武士的儿子要被训练得很严酷，所以我现在要写的这个人也没有时间去做空想这些事。受父母爱抚的期间，在他是短得可怜。在他穿第一次的长裤——当时的一

---

① daimyo，诸侯之意。

种大仪礼——之前，他已经就尽可能地和温柔的恩爱断绝关系，而被教训得抑制童心的自然的种种冲动了。在他的母亲身边的时候，虽然他可以在家里尽情地爱他母亲，但若是和母亲一齐在外面跑，而被他的小朋友们看到的时候，他们便要取笑地问他道："你还要吃奶吗？"而且在他母亲的身边这种事，是不会有许多时候的。一切悠闲的娱乐，在教养上是被严禁着；除了患病以外，并不准他有什么舒服安适。几乎是从他会说话的时候起，人们便教训了他，使他想义务是人生的先导，自制是行为的第一要件，而苦痛和死在自己一生是不关重要的事情。

　　除了在家庭内为人看不见的亲密之外，于青年期的时间，便设计要养成一种永不放松的冷酷的态度的这种斯巴达式的教训，还有更严厉的一方面。它要使儿童们看惯流血的事。要使他们目击死刑，使他们不动声色；而在他们回来的时候，又要使他们吃很多的混着干梅汁而染成血色的米饭，来消灭潜在心中的恐怖之念。有时比这个更加困难的事情，也要叫一个年轻的小孩儿去干。例如，叫他独自一个人在夜半到死刑场去，把人头带回来，以作勇敢的证据。这些，在武士之间，怕死人是和怕活人一样地要被轻蔑。武士的儿子须得证明着他不怕任何东西才可以。而在这一切的试练中，所强要的态度是完全的冷静。无论哪一种的傲慢，都和卑怯一样，也是要被唾弃的。

　　一个男孩长大起来，他便不得不在那作为武士不断的战

一个守旧者

争准备的体力训练中，去找他的游乐——如射箭和骑马，角力和击剑等。他们要替他找一些游伴来，但这些游伴须得是比他年纪大的青年们，侍从的儿子，而能够帮助他作武术练习的人。他们（游伴）的义务是教他怎样游泳，怎样驶船，怎样发展他的少年筋肉。他每天的大部分时间，便费在这样的体育训练和中国古典的研究里。他的食事，虽然十分充足，但绝对不甘美；他的服装，除了在行大仪礼的时候，是简便和粗朴的；他不准只为着要温暖身体而用火。在严冬的早晨研究学问的时候，若是他的手冷冻得不好用毛笔，人们便要命他把手放入冰水中，使它恢复血液的循环；若是他的脚被霜冻得麻木了，人们便要叫他到雪地里去走着取暖。在武士阶级特殊的仪礼的训练，则更要严酷。人们很早就要教他知道那插在腰带中间的小剑，并不是装饰品也不是玩具。人们要教他怎样使用它，怎样按着武士阶级的规矩，于必要时，须得泰然自若地剖腹自残。①

关于宗教的事，一位武士的儿子的训练也是特别的。人们要教他崇拜古时的诸神和他的祖宗的灵魂；要详细地教他中国伦理；又要教他一些佛教的哲学和信仰。而同时，人们又要教他晓得天堂的希望和地狱的恐怖，不过只是说给无智

---

① "那真的是你父亲的首级吗？"一个诸侯问一位只有七岁大的武士的儿子。那小孩儿马上觉察了一切的情形。那个放在他面前的刚刚割下来的首级不是他父亲的：这个大名是被骗了，然而还须得再骗他。于是那少年，便以十分悲伤的样子对那首级行敬礼，然后突然把自己的腹切开了，诸侯在这个残忍的孝心的表现之前，一切疑念都消失了。而那位犯法的父亲也得以从容逃亡。这个小孩儿的纪念，到现在还在日本歌剧中或是诗词中被称赞着。

的人听的。一个优秀的男子，他的行为不应该出于自私心，而应该根据着正义的爱护——为着正义本身而对于正义的爱护，和根据着义务的认识——当义务为天经地义的认识。

从少年时期转入青年时期的时候，他的行为便渐渐地少受监督。他可以渐渐地依着自己的判断力自由地去行动——但须得充分地晓得错误是不会被忽视，重大的犯罪绝不会被宽恕；而一个应受的斥责是比死都可怕的。但在另一方面，很少有什么道德上的危险须得他来谨防的。因为如娼妓这些职业的丑恶，在当时许多省份的城镇都严厉地禁止着；而连那些常常反映在小说或戏剧上的关于人生的非道德的方面，一个青年武士也晓得很少很少。人家教他轻蔑那些涉及柔情热爱的小说类，以为那根本就不是男子的读物；公共的演剧，在他的阶级也是被禁止的。①在旧日本的善良的地方的生活中，一个青年武士便像这样地长成为一个稀有的纯心纯情的人了。

我要写的青年武士，也像这样地长成了——勇敢、谨慎、克己、轻蔑快乐，而且准备着为爱为忠为名誉而即刻可以牺牲他的生命的。但是在体格和精神方面他虽然已经是一

---

① 武士阶级的女子，最少在几个省区里面可以到公共剧场去。但男子却不能——因为一去便是失却武士的威仪。可是在武士的家庭内，或是在邸宅的庭院里，性质特别的私家表演却有时也有；演员是旅行的剧团。我认识好几个温良的老"士族"，在他们的一生中是绝对没有到过剧场，而对于请看戏的招待都要拒绝的。他们还在服从他们武士教育的规矩。

个十全的武士,而在年龄方面他却还差不多是一个小孩儿。就在这时候,日本最初看到"黑船"的来临而大吃一惊了。

二

在死刑之下禁止日本人出国的家光的政策,使日本国民在两百年中间,对于外国的事情一点都不知道。关于海的那方面聚集着的许多大强国的事,他们完全不懂得什么。就是长久存在长崎的荷兰的殖民地,也不能使日本稍微明白它自己所处的真正地位——一个被开化早三百年的先辈西欧所压迫着的十六世纪式的东洋的封建制度。把西欧所可怕的实情说给日本人听,他们或许要以为那是和编来使儿童欢喜的故事一样,或是要把它们当为蓬莱宫的古寓言一类的故事看的吧。直至美国舰队的来临,那时他们称为"黑船",才使这个政府稍微知道自己的无力和外来势力的危险。

接到第二次"黑船"来临的消息时,国民非常兴奋,跟着就是发现幕府告白没有能力与外国对敌的惊愕。这个比着北条时宗时代的鞑靼来袭更危险。那时举国的人民都祈祷着神佛来帮助,连皇帝本身,也在伊势的大庙里求乞祖先的英灵来扶救。这些祈祷都应验了,天地突然黑暗起来,海上雷雨齐鸣,而那所谓"神风"的大风吹来,把忽必烈王的舰队全都击沉海底去了。为什么这一次就不好做同样的祈祷呢?他们做了,在无数的家庭里和几千的寺庙中。但是神佛都不答应，"神风"不起。我们的青年武士，也在他父亲的庭园内的八幡小祠前做了祈祷，眼看无效，便疑心神佛已经失了力量，或是"黑船"上的人们是处在更强有力的神佛的拥护之下了。

三

不久，"蛮人"是不能够驱逐出去的这个事实明了起来了。他们从东方从西方，好几百好几百地流入；而且取着保护他们的一切手段；而且要在日本国土内建起他们那种奇异的市街来。连日本政府自身，都要命令一切的学校应该教授西洋的学问，英文的研究应该作为公共教育的重要科目，而公共教育本身应该改造为西洋式了。政府又宣言了国家的将来一定是靠着外国的国语和科学研究及其熟达的。所以，在这样的研究和得到成功的结果的期间，日本将实际上是处在外国人的支配之下的。当然事实并没说明到这样详细，然而这种政策的指示是很明白的。在因晓这个情形而起了猛烈的感动之后——人民的大沮丧和武士被压抑的愤怒之后——全国的人民对于那只用着优越的武力便能够得到他们所欲得的东西的无礼的外国人之外貌和性格，起了很强的好奇心了。这种普通的好奇心，由那画着蛮人的模样和风俗、画着他们的租界上奇怪的市街的便宜彩色版之大量的刊行和分布，而得到了几分的满足。这些光怪陆离的木版画，在外国人的眼睛看起来，不过就好像是讽刺画罢了。但这个讽刺画却不是美术家的有意识的目的。他们想照着自己真正看到的来描写外国人，但他们所看到的便是些红头发像猩猩①、长鼻子像天狗②、而眼睛碧蓝的妖怪；穿的是奇形怪状的衣服，住的是像货栈或牢狱的建筑物。这种木版画几千几百地在国内贩卖，当然会引起了许多怪诞的观念。虽然，这不过是想绘画看不惯的人物的一种尝试罢了，他们是纯粹没有什么恶意的。若有人要理解我们在当时的日本人眼里是个怎样的东西，怎样的丑态，怎样的奇异，怎样的滑稽的话，他去研究这些古画便得了。

在这座城中的青年武士，不久便得到看见一个真西洋人的经验了，那是城主为着他们聘请来的一个教师。他是一个英国人。他在武装的警卫之下来到了，而同时当一个高贵的名士款待他的命令也下了。他并不完全像木版画中的外国人那样丑陋：他的头发是红的，实在，他的眼睛也带着奇异的色泽；但他的样貌却没有那么讨厌。他马上便变为而且永远是，大家不厌倦的一个观察目标了。他的一举一动是怎样地惹人视听，在不知明治以前的时代关于我们的奇异的迷信的人，是任想象也不到的。虽然是被认识为有知识和可怕的动物，西洋人在一般人的眼睛里却不被当为人；他们被想为与

---

① 神话中的猿属生物，有红发，喜欢醉酒。
② 神话中的生物，有好几种，被想象住在山中的，有些是生着长鼻子的。

其说是近于人类毋宁说是近于动物界的。他们的体态奇妙而全身是毛,他们的牙齿是和普通人的不同,他们的内脏也是特别的,他们的道德观念是一些魔鬼的道德观念。武士虽然的确不是这样,但民众所以看到外国人便畏缩的,并不是因为形体,而实是因为一种迷信的恐怖。日本人就是农夫也绝对不会做一个胆怯的人。但要晓得当时日本人对于外国人的感情,同时是必须晓得一些日本、中国共通的古代信仰才能够明白的:譬如关于具着超自然力而能够化成人形的动物,或是关于半神半人的动物之存在,或是关于古本画上的荒唐无稽的动物——长手长脚长髯的怪物①,有时是画在怪谈的插画中,有时是北斋之笔滑稽地画出来的这些东西。的确那些新来的外国人的容貌,好像是希罗多德给中国的所说的寓言与确证似的,而他们所穿的衣服,也似乎是为着要掩饰他们那些非人的部分才做出来一样。这位新来的英国人教师,幸而他自己不知这个事实,便这样地暗暗里被研究着,恰像一只珍兽在被人们研究一般!虽然,从他的学生方面,他所经历到的却只是恭敬的礼貌:他们用中国的教训"连师长之影也不可践踏"的态度款待了他。在武士的学生们看来,他们的教师到底是不是完全的人并没有多大的关系,只要他能够教授他们就好了。英雄义经的剑法是从一个天狗那学习得来

---

① 足长为ashinaga,手长为tenaga。

的。非人类的生物而为学者或诗人的例子也有①。但在那绝不揭开的礼貌之假面的背后,这外国人的习惯却在被精细地视察着。而在视察比较之后,最后所下的批评却并不全都是恭维语。这教师自己,绝不会想象到他的双板刀的学生们在怎样的批评他;当他在教室里监督着作文的时候,若是他听得懂他们的会话,恐怕他心中的和平也不会增加的吧。

"看看他的肉色吧,是好柔软的哟!只要一挥刀他的首级便马上可以掉下来的吧。"

有一次,学生们请他来试着角力的方法了,他以为这不过是好玩意儿罢了。但其实,他们是要测量他的体力的。结局他当一位力士是不会得到很高的评价的。

"他的臂力的确还强,"一个人说,"但当他用臂力的时候他却不晓得怎样应用他的身体,而且他的腰很无力。要把他的背脊打断是不难的。"

"我想,"另一个人说,"和外国人打仗是很容易的。"

"若是用刀那当然很容易,"第三个人答应着说,"但他们用快枪和大炮却比我聪明得多哩。"

"我们学就得了,"最初开口的那个人说,"当我们学

---

① 有这样的一个传奇:菅原道真(现在被祀为天神)的老师大诗人都良香,有一次正从京都的皇宫的罗生门走过的时候,大声地高吟着刚刚想出来的一句诗道:"天清朗,嫩柳的细发梳微风。"

于是,一种沉重的似嘲如谑的声音马上从门内传出来,和着吟道:"冰消溶,老苔的胡须洗冷浪。"

都良香四周一看,没有一个人影。他回家了,便把这桩事的始末对他的学生说,而且再吟出了这两句诗。菅原道真听了称赞第二句,说道:"头一句实在是一个诗人的话,但第二句却是一个精灵之词!"

到了西洋战法的时候，我们便不必把西洋兵介在意中了。"

"外国人，"另外一个这样说，"不像我们这么能耐。他们马上就要疲倦，而且很怕冷。我们的教师整个冬天房中都须得生着熊熊的火。我在他房中五分钟头便要痛起来的。"

然而不管有这一切的事实，那些青年对他们的教师却很恭敬温良，而使他爱起他们来。

四

好像大地震的来袭一般，大变革不预告地来临了：大名制度变为郡县制度；武士阶级的废止；整个社会组织的改造。这些事变使我们的青年武士的心中充满着悲哀了，虽然他觉得把忠勤之心从诸侯移向天子并非难事，又虽然他一家的财富也并不因此打击而稍受损失。这一切的改革，告诉了他国家的危机之重大，又宣告了古来高尚的理想和其他一切可爱的事物之将消灭。但他晓得悲叹是无用的。只有由自己改造，国民才能够希望挽救国家的独立；而爱国者的明了的义务，是在乎认识这个必要，适当地准备在将来的舞台里勇敢地出演。

在武士学校里他学了很多的英文，他晓得他自己能够和英国人说话。他把他的长头发剪断了，把他的剑丢开了，到横滨去，想在较便利的环境之下继续研究英文。在横滨，一切的事物最初都使他觉得不惯和讨厌。连在此地的日本人，也因和外国人的接触而变了：他们变得卑野而粗暴；他们的举止言谈是在故乡连平民都做不来的。至于外国人,那更使他感觉不快了:那正是新居留民能够用征服者的态度对被征服者的时代,那时"通商口岸"的生活,比现在还要放肆得多。砖石或漆木建筑的新洋房,使他对于从前彩色版的异国风俗图的不愉快之记忆,重复苏生过来,他不能够容易把在少年时代对于西洋的幻想除掉。建设在广泛的知识和经验之上的理性,使他十分晓得他们实在是什么,但在他的感情生活上,他们也同样是人类的这个感觉却还不能生起。人种感情比理智的发展还要老些,而那附属于人种感的迷信是不容易除掉的。他的武士精神,也时常要被那眼所看耳所闻的丑恶事所搅乱——许多事情要使他那锄强扶弱的先代传来的热血沸腾。但他晓得当为知识的障碍物似的把自己的反感征服了:镇静地研究国家的敌人的真相是爱国者的义务。他终于训练得能够不以先入之见来观察周围的新生活了——无论是它的优点或缺点,它的长处或短处。于是他发现着仁爱了,他发现着对于理想的信仰了。这个理想虽然不是他自己的,但那和他的祖先的宗教一样地要求着许多的戒律,所以他晓得怎样尊重它了。

由这种的了解,他终于爱着和相信着一个委身于教育和教化事业的老牧师了。那老牧师看出这个青年武士有非常的适合性,所以特别地想使他改信宗教,为着要得他的信仰而不怕种种的劳烦。他在各方面帮助他,教他读些法文和德文、一些希腊文和拉丁文,又把很多的私人藏书让他去自由览阅。使用包含着历史、哲学、旅行记、小说等的外国书籍，在当时的日本学生是一个不容易得到的特权。他感激地拜领这个特权了。于是这些藏书的主人，后日很容易地就能够劝导他这个秘藏的弟子去读《新约》的一部了。这青年在"邪教"的教义中发现了和孔夫子相同的道理，表现着惊叹了。对那老牧师他说道："这种教训在我们并不算新，但的确是很好的教训。我以后要研究这本书，好好地细想想。"

五

这个研究和细想，使这位青年比他最初所想的更深入一层了。在认识基督教为一个伟大的宗教之后，他便又生起别种的认识和关于那信奉基督教的民族之文明的种种想象了。当时，在富于反省的日本人，不，恐怕在指导国政的敏感的人们都是一样的，总以为日本的命运将完全处在外国人的支配下的。当然，希望是还有的。而在有一缕的希望之间，国民全体的义务是很明白的。可是那可以使用来反对帝国的威力却是不可抵抗。这位青年东方人，研究着这个威力的巨大，不得不用一种近于敬畏的惊奇之念自问道：到底这个威力是从何时而且怎样得来的呢？那真的像他的老牧师所断言似的，是和较高的宗教有着一些神秘的关系吗？古代的中国哲学这样说过，说国民的繁荣是依着遵守天道和信从圣贤的教训之程度如何而定的，这的确是暗合了这样的一个理论。

若是西欧文明那较优越的威力，真的是在表示西欧伦理比较优越，那么，每个爱国者的义务，不是很明白地就在乎信奉这个较高的信仰，和努力使全国民改变宗教观念吗？在当时，一位受着中国学问的教育和不懂西洋社会的发达史的青年，是绝对不会想象到那物质的进步的最高形式，大抵是出于和基督教的理想不相容，而和一切的大道德相反的残酷的竞争发展出来的。就是在西欧，现在也还有无数的愚民在想兵力和基督教的信仰之间有着神圣的关系。在我们的说教坛上，则还在说政治的侵夺是神意，强烈的炸药之发明是天的启示。在我们的中间，还有这样的迷信残存着，就是说：信奉基督教的民族，是带着侵夺或消灭那些信奉别种宗教的民族之天命的。有些人有时候发表他们的意见，以为我们还是崇拜托尔（Thor）和奥丁（Odin）①——差的只是奥登现在变为数学者，而手中的槌现在是用蒸汽在运用了这一点。但是这样的人要被传道士们骂为无神论者或是无耻之徒。

这些闲话暂且不管，不久，这位青年武士便决心做一个基督教徒了，不管他的亲族之反对地。这是一个大胆的行为；但是他幼时的教义给予他坚强的意志，所以连他父母的悲愁也不能够移动他的决心。抛弃祖先的信仰，在他不只是一时的苦痛而已，而且是意味着废嫡、旧友的轻蔑、地位的丧失，和一切由贫困而生的苦果。但他的武士风的训练教了他藐视私

---

① Thor是雷神，持着Mjölnin的槌；Odin是学问教化之神：两者都是北欧神话中之神。

事。他发现着他自信为是一个爱国者和探求真理者的义务这个东西了，所以他一点不畏缩、不后悔地跟着他的所信走下去。

六

那些希望用他们自己西洋的信条，来补填那从近代科学借来的知识之助力所破坏了的信仰的空隙的人，不晓得用来破坏旧信仰的议论，同样也可以用来破坏新信仰的。普通的传道士不能够把自己提到近代思想的最高标准去，当然不能够预见把仅少的科学知识教授那些本来比他们自己有力的东洋学生，结果将如何的。因此，他一发现他的学生越是聪明，其信奉基督教的时间也越短这个事实的时候，便要受着惊愕和打击了。要打破那些只因为不知科学才满足于佛教的宇宙观的头脑清楚的个人的信仰，并不十分困难，可是在同样的这一个头脑中，若要用西洋的宗教的情绪来代替东洋的宗教的情绪，或是用"长老会"或"浸礼会"的教条来代替儒教或佛教的伦理，那是不可能的。我们近代的传道士们，绝对没有认识到这个横在道上的心理学的难关。在古时，耶稣教和天主教徒的信仰，迷信的程度并不减于他们努力要打破的别种宗教的时候，同样的障碍也存在着；西班牙的僧侣，就是在他们以伟大的诚意和火般的热心成就了可惊的伟绩的时候，也感着要充分地实现他们的空想，是非借着西班牙兵士的剑不可的。今日的状态，在任何的传道事业上，是比着十六世纪时候更加不利了。教育已经离开宗教而在科学的基础上改造了；我们的宗教也已经在变成为不过是伦理上的必要事的社会认识而已；我们的牧师的职务，也在渐渐地变成为道德的警察；而我们教会的尖塔之林立，也并不是证明着信仰的增进，而不过是在证明我们对于习俗的尊敬越加长大了而已。西洋的习俗绝对不能成为远东的习俗，而外国的传道士在日本绝对不能够演出道德的警察的职务。在我们的教会中，那些最开化、教养最阔大的人，已经开始认识传道事业的无谓。但是为着要认知真理而把旧的信条抛弃也是不必，因为完全的教育便能够充分地把那真理显示出来；所以最有教育的国家——德国，是不派传道士到日本内地去工作的。传道士努力的结果，比着紧要的每年新教徒的报告显著很多的，却是日本宗教的改革，和主张日本僧侣的教育向上的日本政府新近的告示。在这个告示颁布以前，那些富有的宗派早就建设着西洋式的佛教学校了，这是事实；如真宗教，则已经有着在巴黎或牛津受过教育的学者，而这些学者的名字，在世界中的梵语学者中间是谁都知道的。日本，的确需要着比中世纪的信仰形式更高的宗教，但那非从它古来的形式发展出来的不可——从内部而绝非从外部的。由西欧的科学保护得很坚固的佛教，一定会适应着这个民族将来的需要。

在横滨的这位青年新教徒，便是传道士失败的一个显著之例。他牺牲着一切的东西来做一个基督教徒——宁可说是一外国宗教的支派之一员确切些,但不出两三年,他便又公然把用那么高价买来的信仰抛弃了。他比他的传道士们深进很多地,把当代的大思想家的著作研究和理解了。这些传道士们已经是不能够解答他所提出的疑问,他们只能够武断地说道:起初他们劝他去研究一部分的那些书籍,自全体说起来,对于信仰是有害的。但因为他们不能够证明他们所主张的那些存在书籍中的误谬处,所以他们的忠告一点也不中用。他起初依着不完全的理论来信奉独断的教条,但现在因较大和较深的理论,他找到了超越这种教条的道路了。他公然地宣言基督教的教义并不是根据真正的理论和事实,又表明他觉得不得不依从那些传道士们称为基督教的对敌的人们的意见之后,便离开教会了。对于他的"复归邪道",当然有许多的咒骂发生出来。

可是真正的"复归邪道"却还远着哩。和其他许多有着同样的经验的人们不同,他晓得宗教问题在他不过是一时的后退,而他向来所学的一切,不过是将来应该学的A、B、C罢了。他对于宗教的比较的价值——当为保守力和抑制力的宗教的价值,并不失掉信仰。一个真理——存在文化和宗教之间的关系的真理——的曲解,起初欺骗了他,使他走入改信宗教之途了。中国的哲学教过他没有僧侣的社会是绝对不能发展的这个近代社会学所承认的法则;佛教又教过他连谎言——当做事实来指示下愚的寓言、形式和记号等——在帮助人类善行的发达上,也有它们的价值和存在的理由的。从这样的观点看起来，基督教在他当然不会失掉什么趣味。因此，他虽不相信他的传道士们对他所说的基督教民族的道德优秀这种话，因为这样的道德在"通商口岸"的生活中一点也看不到。他却还是希望亲眼看到宗教在西洋对于道德的影响如何；希望到欧洲各国去游历，而研究他们发展的理由和他们强大的原因。

他这样一想便马上实行了起来。使他成为宗教上的怀疑家的智的活动，同时在政治上也使得他成为一个自由思想家。他对于当时的政策发表了反对的意见，惹得政府之怒。于是，他和那些在新思想的刺激之下，敢大胆地发出不谨慎的言论的一切人们同样，不得不亡命外国去了。这样，他便开始彷徨于世界中的流浪生活了。最初他在朝鲜找到了避难所；其次是中国，他在那儿当一个教员；最后他则搭上到马赛去的汽船了。他虽然是阮囊羞涩，但到欧洲去要怎样生活他却不担心。又年轻，又身长，又强健，又惯于节俭和受苦，他对于自己是有十分把握的。而且他还带着若干介绍信，这些海外的接信者总可以帮助他一点。

但要得到重见故乡的风土，他是不得不经过很长的岁月了的。

七

在那些年头的时间，他所看到的西洋文化，是很少数的日本人所能够看到的。因为他游遍了欧美二洲，在许多的城市里住过，而且做过了许多事情——有时是用他的头脑，有时是用他的手——所以能够尽晓得他周围的最高和最低、最善和最恶的各种生活。但他是用远东的眼睛来看的，所以他的判断的方法也就和我们的不同。西洋观察远东，正和远东观察西洋一样。所不同的就只这一点：在这一方面最被尊重的地方，恰是那一方面最不被尊重的地方。而两方面一样是半分对半分地不对，因此完全的相互间的理解是绝对没有过，将来也不会有的。

西洋在他看起来，是比一切的预料大很多——是一个巨人的世界。而那种使一个最大胆的西洋人在一个大城市里孤独无依而觉得沮丧的，当然也要使东方的这个流浪者觉得沮丧：那是因在千万匆忙的市民间一点都惹不得人注意的感觉，因那使话声都听不到的不休不息的车马的咆哮，因那巨大的建筑这个没有灵魂的怪物，因那把人类的心和手当为便宜的机器而尽所能地酷使虐用的富力之伟大的表现等所生出来的一种漠然不安之感。恐怕他正像多雷（Gustave Doré）看到伦敦一样地看到了这些城市吧：暗淡的苍穹之阴沉的庄严，连绵的眼看不尽头的花岗石的洞窟，下面是劳动的海洋在骚扰的石造建筑物之山，数世纪来渐渐积成的展开着力之凶猛的伟大的场所。而在那遮断着日出和日没、遮断着天和风的无限地连续着的石崖和石崖之间，可以引起他的美感的美，是一点也没有。引诱我们到大都市去的东西，全都是使他厌恶或是使他感着压迫的东西。连那辉煌的巴黎，不久也就使他感到十分的疲劳倦怠了。巴黎是他长逗留着的最初的一个外

一个守旧者

国都市。法国艺术,是欧洲民族间最有天才的民族之审美的思想的反映,使他大大地惊愕了,但一点也不使他快感。特别使他惊愕的就是裸体的研究,他在这种研究中,只认着人类弱点公然的告白,这些弱点是他所受的禁欲主义教育教他顶可轻蔑的东西,是次于不忠或卑怯的。近代的法国文学也使他惊奇了。他不能够了解小说家那种可惊叹的艺术;描写技巧的价值他看不见;而纵使能够使他像一个西洋人似的了解着了,他也仍然是不会使自己的确信稍微动摇的吧。就是确信把才能应用在这种的创作中,只是表明着社会的腐败。渐渐地,他在这个都市的豪奢的生活中,找到了当时的艺术和文学所给予他的确信的证据了。他到种种的娱乐场去,到戏院去,到歌剧场去;他用禁欲者和武士的眼睛看了,而惊奇为什么西欧的有价值的生活观念,和远东的愚蠢放荡懦弱的观念差得那么少。他到流行社会的跳舞场去,看到了远东的德行观念所不容的肉体露出的女装束,一种巧妙设计出来的装束,足以使一个日本女子羞死的。因此,他记起西洋人批评过日本人在夏天炎日之下,露着自然、谨慎而健康的半裸体工作着的话,又不禁要奇怪起来了。他看到了许多大礼拜堂和教会,但在这些教会的附近便是罪恶的渊薮,和因密卖猥亵的美术品而繁昌起来的店铺。他听过大讲道师的讲道,他也听过那些憎恶牧师神甫之徒的藐视一切的信仰和爱的渎亵神圣之语。他看到富豪社会,也看到贫民窟,又看到了潜在两者里面的魔窟。但到处他没有看到宗教的"约束力"。那是个没有信仰的世界。那是一个虚伪、欺骗和追求快乐、自私主义的世界,不受宗教的约束,而受警察的管辖的,是一个为人不好生在里头的世界。

比较阴沉、庄严、顽强的英国,又给他另外的问题思考了。他研究了那永远在增长的英国之富和永久地在它的阴影里繁殖着的丑恶之堆积。他看到了大商港堆积着各国的财富——大部分是掠夺品。他晓得英国人现在还是和他们的祖先一样,是海贼的民族。他想及这几千万的民众的命运将如何得了,如果单是一个月不能够强迫别国供给他们食粮的话。他在这个世界最大的都市里,看到了卖淫和酗酒使夜里成为丑恶的世界。他对于那种假装不看见的传统的伪善,对于那种感谢现状的宗教,对于那种派送牧师到不必要的国家去的无智,对于那种帮助疾病和恶德繁荣的广大慈善事业,不胜要惊奇起来。他也看过一位游历诸国的英国伟人[①]的陈述书,里头说英国人的十分之一是职业的犯人或是贫民。无数的教会和无数的法律,结局依然是这样!英国的文化,的确比着别国的文化,少呈现着那假说的宗教的力量,这力量

[①] "我们在智的修养方面虽然是超越过野蛮状态很多,但在道德的方面却还没有那么进步……就是说我们国民的大多数,还没有超过野蛮人的道德律,而且许多的点还要在其下,也不为过言。德行不足是近代文明的一大污点……我们的全社会的道德文化,还是在一个野蛮的状态中……我们是世界中最富的国家;然而我们国民的约二十分之一是贫民,三十分之一是很明白的犯罪者。若再加上了那些没有被发现的罪人,和那些全部或几分现靠着私人的慈善(据 Dr. Hawkesley的调查,则单单是伦敦,每年为着这个所消费的钱便有七百万英镑之多)而生活的人,那么我们的人口的十分之一以上,便的确无疑的是实际上的贫民和罪人了。"——Alfred Russel Wallace

牧师们教他相信是进化的源泉。英国的市街更给了他别的事实,在佛教的都市是看不到这种光景的。那种文化,是在表示着老实人和狡猾汉、弱者和强者之间的不绝的丑劣的斗争;暴力和奸智互相结托着把弱者冲下地狱里去。在日本,这种状况是连做梦也不会做到的。而这种状况,纯粹是物质的结果和智力的结果,真是令他只有惊愕。然而他虽看到了意想不到的丑恶,但同时他在贫富两者之中,也看到了许多的善。这可惊的一切哑谜,这无数的矛盾,是出乎他的理解力之外的。

在他足迹所到的国家,他比较地喜欢英国的国民些,英国上流人的举止动作,使他觉得有些像日本武士的地方。在他们那种拘谨的冷淡之背后,他能够看出友谊和持久的和善——这和善是他不只经验过一次的——的大可能性;能够看出很少浪费的深情;能够看出那使他们得以支配世界一半的领土的大勇。在他离开英国到美国去研究人类的功绩显现得更广大的世界之前,单单国体不同这回事,是已经不能够引起他的趣味了。因为在他渐渐认识着整个西洋文化的可惊之间,国体的不同是渐渐地模糊起来看不见的;到处——无论是帝国、王国或是共和国——展开着同样无慈悲的必要的活动,和同样可怕的结果,又到处都是建设在完全和远东相反的思想上。像这样的文化,他只能够评为是一种没有任何情绪和它调和的文化——一种住在它的中央找不得什么可爱,而将永远离开它的时候也不觉得有什么可惜的文化。它离开他的魂灵，正如在别个太阳系中的游星里的生物一样的遥远。但他能够理解这文化是费了若干人类的劳力，能够感到它的力量之威胁，也能够推察它的智力是有怎样的广大。然而他却憎恶它——憎恶它那可怕的完全是打算的机械作用，憎恶它的功利的巩固，憎恶它的习俗、它的贪欲、它的盲目的残酷、它的无限的伪善、欲望的不正和财富的横暴。从道德上说起来这文化是丑恶的，从常识上说起来则它是残忍的。他在这种文化中认识到不可测量的堕落之深渊，但看不到和他青年时代的理想一样的理想。那完全是一种饿狼的斗争——然而在里面他却又能够发现到许多实在的善存在着，这在他真是个不可思议。西洋的真正的伟大只是智力，完全像是智力的一座高山，在它那永久的雪线之下，情绪的理想全都死灭。真的，旧日本的仁和义的文明，在对于幸福的理解，在对于道义的热望，在它那较大的信仰，在它那快乐的勇敢，在它的单纯和不自私，在它的朴素和知足这些上头，比西洋是好得很多很多。西洋的优越不是伦理的。它是存在那经过无数的劳苦发展出来，而被应用为弱肉强食之具的智力中的。

然而西洋科学的理论，这他晓得是无可争辩的，使他确信着这种文化的力量将越加扩大，正如世界若得不可抵抗、不可避免、不可测量的洪水将要越加扩大起来一样。日本须得学习这个新形式的行动，须得精通这个新形式的思想，不然便须得完全灭亡。这儿是没有第三条的道路可走的。他这样一想，一切的疑问中的疑问便油然而生了，那是一切的圣贤不得不过着的疑问："宇宙是道德的吗？"对于这个疑问，佛教答复得最深远。

然而这宇宙的演进不管是道德的或非道德的，那不过是用人类最微小的感情来测量的罢了。在他，一个为理论所不能够破坏的确信还是存在着的：就是，纵使日月星辰要对他提出抗议，他也是确信着人类是应该尽力向未知的终点追求最高的道德理想的。日本在必要上不得不精通外国的科学，和多多地采用敌人的物质文明；然而无论怎样必要，它也不能够把它固有的正邪的观念、义务和名誉的理想全部抛弃。一个决意在他的心中渐渐地形成了起来——这决意使他后日成为一个领袖和导师：极力保存历代传下来的国粹，大胆地反对那些在国民的自卫上不必要的事物，或是不能帮助国民自己发展的事物之介绍。或许他要失败吧，但那不足羞耻；而且他最少也可以希望从崩坏的旋涡中救出一些有价值的东西来。西洋生活的浪费，比它的享乐欲和苦痛的容量，给了他更深的印象：在他本国的赤贫中他发现着一种力量；在他本国的非利己的勤俭里，他发现着和西洋竞争的唯一的希望。西洋的文化教他了解（若没有西洋文化他便绝不会了解）本国文化的价值和美点；因此，他渴望着许他回归故国的日子之来临。

八

在日出之前，他从一个清朗的四月早晨的透明的薄暗中，再看到他本国的山脉了——从黑蓝的海洋周围紫黑色地高耸起来的在远处形成锯齿状的山脉。在那把他从放逐生活中带回祖国来的汽船后面，水平线慢慢地在弥漫着蔷薇色的光辉。那儿已经有许多的外国人在甲板上，热心地在等着要从太平洋中看到富士山的最初和最美的雄姿——因为在黎明中看到富士山最初现出来的姿容，是此生或来世所不能够忘记的一回事。他们凝视着连绵的山峰，望眼从那锯齿状而朦胧的轮廓瞟过去，穿入黑夜里，那儿星星还在放着微光——然而他们看不到富士山。"啊！"一位被他们所责问的船员笑着说，"你们看得太低了！往高一点看——再高些！"于是他们便向着高，高，高到天的中心处望，而看到了那雄伟的山峰在黎明中微红着，好像一朵不可思议的幻之莲花。这个光景使他们全都哑然了。那永久的雪峰在倏忽之间便从黄色一变而为金色，然后在太阳的光线越过地平线的弓形，越过黑暗的山脉，又俨然像是越过星星而射到它的时候，又白了起来，因为那巨大的山麓还是完全在黑漆里。不久夜便完全隐躲了，柔软的蓝光在整个的天空中沐浴。一切的色彩都从梦中醒了起来——于是横滨的光辉之港展开在观众的眼前了，而那山麓还看不见的灵峰，便好像白雪之精似的悬挂在无穷的苍穹而俯览一切。

在我们的流浪者的耳边，"啊！你们看得太低了——往高一点看——再高些"这句话还在响,而在他的心上奏着一种巨大的、不可压抑的情绪的模糊之歌。于是一切的事物都朦胧起来了:他看不见高耸着的富士山,也看不见下面那些在从蓝色变成绿色的小山丘,看不见港内云集的船只,看不见近代日本的一切事物;而只看到旧日本了。陆上的风,微微地带着春的香气吹来,拂着他的脸,触着他的血,而使他曾经努力要抛弃和忘却的一切事物的面影,都从久闭的记忆房中跳出来。他看到了死了的人们的面影,他忆起很久以前的他们的声音。他又回归到在他父亲的邸宅中的小孩儿时代去了。他在明亮的各房间走来走去,在席子上闪颤着树影的向阳的地方游玩,或是在凝视着风景很好的庭园中那浅绿如梦的平和景象。他再感到了那引导他的小步到家祠的前面、或是到祖先的牌位前去做早晨的祈祷的、母亲的温柔之手了;于是,他用大人的嘴唇,喃喃地再做了小儿单纯的祈祷起来,以一种突然新发现出来的意义。

在神佛的微光中

"你晓得一些菩萨吗?"

"菩萨?"

"是。偶像,是日本偶像——菩萨。"

"晓得一点。"我答,"但不很详细。"

"那么,请来看一看我的搜集品吧,不愿意吗?我搜集菩萨有二十年之久,有些是很值得一看的。但那并不是出卖品,除了卖给英国博物馆以外。"

我跟着这个古董商人,经过古董杂然的商店,跨过石铺的空地,就走入一个非常大的仓库①里去。像所有的仓库一样,这个仓库也是黑漆漆无光的,所以我差不多看不出在那黑暗中有一个梯子斜斜地爬上楼去的样子。他在梯子底下停

---

① Go-down,远东的"通商口岸"的耐火性的仓库,语源是马来语的 Godong。

住脚。

"你马上就可以看到了,"他说,"这个地方是我专为着那些菩萨建筑起来的哩,可是现在却觉得太小不够用了。它们全部在楼上。我们上去吧,但要小心点,因为梯子段有点坏了。"

我登上,到了一个很高的屋顶下面的暗黑里,和许多神佛面对着面了。

往这个大仓库的暗黑中一看,那光景简直不只是奇怪,而是像幽灵的世界。许多罗汉、佛像、菩萨和其他更古的神佛们,充满着这个阴暗的空间。但不像在一座寺庙里一般地整然排列着,而是像在一个沉默的惊愕里乱杂杂地排在那儿。最初,在那许多的头,破坏了的背景,为着威吓或是为着祈祷高举着的手的一大堆神像中——在那被厚壁上挂着蜘蛛网的孔隙射进来的光线照着的,尘粉罩着的金箔的混乱的闪光中,我是几乎看不出什么来的。但渐渐眼睛惯于黑暗,我便开始能够分辨出个个的神像哭了。我看到许多样式的观音像;看到许多名称的土地神;看到释迦、阿弥陀、佛陀及其弟子们的像。它们都是很古旧;它们不尽是出自日本制的,也不定是哪一时代或哪一国的;有的是高丽的制造品,有的是中国的制造品,还有的是印度的,都是些初期佛教传来的全盛时代所输送进来的宝贝。有些是坐在莲花——灵土的莲花——座上;有些则骑着豹、虎、狮,或是神奇的怪兽——象征着电光、象征着死的怪兽。有一个像,是三个头和许多手,神圣而庄严,坐在一个被群象高举着的金座上,好像在暗黑中移动着似的。我又看到了一个装置在火焰的包围中的不动尊(Fodo)和骑着神秘的孔雀的摩耶夫人(Maya-Fujin)。又在这些的佛像中,奇异地混杂着一些大名穿甲胄的肖像,和许多中国圣贤的像。有高至屋顶的,捆着雷电而形象愤怒的巨像;好像暴风的化身的四天王;也有仁王(Ni-o)的像,那废寺的庙门之守护神。还有一些妖艳的女体像:那被莲花包着的四肢之光滑,在数着妙法的手指之柔曲,恐怕是从那被忘却了的古代印度的舞姬之妩媚所得来的理想象吧。在上面那靠着砖墙的木棚上,我又能够看到许多小神像:眼睛像黑猫般地在黑暗中辉耀着的魔鬼之像,有翼而尖嘴像鹰的半人半鸟的像——这是日本的空想所创造出来的天狗。

"如何?"那古董商人看到我的惊愕的样子,现出满足的微笑问。

"这真是个了不得的大搜集。"我答应着说。

他把手放在我的肩上,很得意地在我的耳边说:"这些花费了我五万块钱哩。"

但这些神像本身,却告诉我信仰被忘却的价值是比五万元钱多得多的,不管在远东的美术品制造工钱是怎样的便宜。他们又告诉我曾经有过几百万人到他们的庙里来参拜,把庙阶都踏陷了,告诉我有过许多的母亲常常要来到他们的祭坛之前悬挂小孩儿的衣服,有过几代的小孩子要被教得知道对着他们喃喃地祷告，有过无数的悲哀和希望在他们的面前告白了。想是几百年的崇拜的精灵，跟着他们的流犯生涯到此地来的吧，一种微微的甜蜜的线香，在这个尘埃笼罩着的地方也在飘着。

"你想那一个叫做什么名字？"古董商人的声音这样问，"人家说那是这些偶像中最好的杰作。"

他指着一个坐在三重的金色莲花上的像——阿嚩卢吉帝湿伐罗（Avalokitesvara），是一个"鉴临着祷告者的声音"的女菩萨。一念起她的名来，就是暴风雨和怨恨也会镇定。火灾因她的名而熄灭。恶鬼听她的名声便消失。念她的名的人，可以像太阳一样，稳固地伫立在空中……那四肢的优美和微笑的幽雅，正是印度乐园的梦。

"那是一位观音，"我答道，"真是美丽极了。"

"恐怕有些人会出很好的价钱来买它的吧，"他狡黠地眨着眼睛说，"我也出了很大的价钱了！然而，大概这些东西我都是很便宜地买了进来的。因为这些东西大都是偷偷地拿来卖的，而且要买的人又很少，因此，我便得了一个好机会，请你看角落里那个菩萨吧——那个又大又黑的。那叫做什么？"

"长寿土地，"我答，"土地神，是赐给长寿的土地神。这个像一定是很古的东西。"

"你听吧，"他说着，又把手放在我的肩上，"卖这个神像的男子，因为卖给我被捉到狱里去了哩。"

于是，他从心底笑了起来。他的这种笑，到底是因为想起他做买卖的巧妙，或是因为那个犯着国法偷卖了这个神像的鲁男子的不幸，我是不能断言的。

"后来，"他又说，"他们用比我所买的价钱高很多的钱要把它再赎回去，但是我不答应。关于菩萨的事我晓得不多，但我晓得它们的价值。找遍全国，再也没有和这个同样的偶像了。英国博物院得到了这个一定是很高兴。"

"你打算什么时候把这些搜集品送到英国博物院去呢？"我问。

"可不是嘛，我打算先开一个展览会。"他答道，"在伦敦开日本偶像的展览会一定可以赚到钱。因为伦敦人在他们的生涯中还没有看过这样的东西。而且教会的人们，若是好好地和他们交涉，一定会帮忙的。因为那可以作为传道的广告。可以大声地说'日本异教徒的偶像！'或是什么……你看那个小孩儿像好不好？"

我注视着一个粉金色的裸体小孩儿的像，他站着，一手指着上面，一手指着下边——那是诞生的佛陀。好像旭日东升一样地，他带着一道红光从胎中生了下来……他挺立着从容地走七步，他那印在地上的足迹，好像七颗星一般地永远在发光辉。他用很明了的声调说道："这个诞生是佛陀的诞生。我绝对不再生。我为着要普度天上和地上的众生，只这一次降生下来。"

"那是人家所称为诞生释迦的，"我说，"好像是青铜铸出来的样子。"

"是青铜。"他答着，用他的指关节叩它，使那金属响起来，"单单这个青铜，便要比我的购价贵多了。"

我仰看着那头几乎高达屋顶的四元王，想起大品般若经（Mahavagga）中所写的关于他们的出现的故事来：在一个美丽的夜里，四大天王把红光充满着四方八达，走入神圣的森林里去。他们对佛陀恭恭敬敬礼拜了，然后好像四大炬火般地站在东西南北四方。

"你怎样设法把这些巨大的像弄到楼上来的呢？"我问。

"哦，是把它们吊上来的！我们在楼板上开一个大穴。真的困难还是在于用汽车搬它们来的事。这是它们第一次的汽车旅行哩……但请看看这边的吧，它们一定要成为展览会中最惹人注意的东西！"

我看了，看到两个小小的木雕像，大约有三英尺高。

"为什么你想它们会最引起人家的注意？"我随便地问。

"你没有看到它们是些什么吗？它们是在基督教迫害的时代做出来的。日本的恶魔踏着十字架！"

它们不过是些小庙门的守护神罢了，它们的脚站在X形的支柱上。

"有什么人告诉你那是日本的恶魔踏着十字架的吗？"我追问着。

"那么还有什么别的意义吗，它们？"他遁词地答道，"你看它们脚下的十字架吧！"

"但它们不是恶魔,"我主张着说,"那些好像十字架的东西,不过是被放在它们脚下以取重力的平衡罢了。"

他不做声了,但现出失望的表情来,我对他觉得有点抱歉。恶魔踏在十字架上,这,在伦敦这些地方的展览界,当为报告日本偶像来临的广告传单,的确很可以惹动公众的视听。

"这个好得多了。"我指着一组美丽的像说——据传说,那是婴孩的佛陀刚要从摩耶夫人的腹边产生出来的。佛陀从她的右腹边一点都不困难地产生出来了。那是四月八日的事情。

"那也是青铜做的哩,"他叩着那铜像说,"青铜的菩萨现在渐渐少起来了。我们平常是当古金属买,当古金属卖的。我保留一些起来就好!真想把当时从寺院购来的青铜给你看看哦!如钟啦,花瓶啦,偶像啦这些。我们热心想买镰仓的大佛就是那个时候的事情。"

"当古青铜买卖?"我问。

"是,我们计算金属的重量,组织了一个联合经营。我们第一次的出价是三万元钱。我们得到很大的利益了,因为里头夹着许多金和银。和尚们想卖掉,但是信徒们不肯让他们卖。"

"这个真是天下的宝物中之一,"我说,"你们真想把它破坏的吗?"

"当然的!为什么不呢?除了这样还有什么别的办法吗?在那边那一个很像圣马利亚的像,不是吗?"

他指着一个怀里抱着婴孩的镀金的女像。

"不错，"我答应，"但那是鬼子母神，爱惜小孩儿们的女神。"

"大家要说这是偶像崇拜，"他深思默想地说，"但我在罗成旧教的寺院里却看过不少像这一类的神像。在我看起来，世界上的宗教大抵都是相同的。"

"你说得不错。"我说。

"佛陀的故事和基督的故事也仿佛相同，不是吗？"

"有几分相同。"我同意地说。

"差的，只是佛陀没有被处磔刑罢了。"

我没有答应，因为我想着如下的经文："在全世界中，纵使是像芥子粒那么大的地方，他也未尝不为着众生而舍弃自己的生命。"这时候，这句话在我想起来突然好像是绝对的真理一般。因为大乘的佛陀不是释迦，也不是什么如来，而是在人心中的佛性！我们全都是无穷的蛹，各个含有着神圣的佛陀，而千万人都是一样。一切的人都是潜在的佛陀，只是代代迷在色相的幻梦里。在私欲灭亡的时候，释尊的微笑将再使这个世界美化起来的吧。每个高尚的牺牲，要使人渐渐近于了悟之境。而想及无数代的人之多，则就是现在，世界中有哪个地方没有为着爱或义务而被牺牲的生命呢？这谁能够疑而不信？

我又感到古董商人的手在我的肩上了。

"总之，"他用一种愉快的声调说，"它们在英国博物院一定要被尊重的，可不是吗？"

"我希望是这样。应该是这样的。"

这时候，我想象到这些神像被挤进那死神们的广大的墓地里，在那豆浆汤般的白雾之下，和埃及与巴比伦的那些被忘却了的诸神同居着，而微微地在伦敦的喧嚣之中在抖颤的样子了——而且到底是为着什么目的哦？或许是为着要使第二的阿尔玛-苔德马（Lawrence Alma-Tadema）又来画出灭亡了的文化之美；或许是为着要使英国的佛教词典的插图更加丰富起来；或许是为着要使未来的桂冠诗人得到了灵感，而写出像丁尼生那种惊人的辞藻如"肥腻卷毛的亚述的猛牛"之形容句来。的确它们不会空空地被保存在那儿而毫无效用的吧。在一个比较地不因循和不自私的时代的思想家们，将教人对他们以一种新的尊敬吧。凡是由人类的信仰做出来的肖像，永久是可贵的真理之壳；而连这个壳本身也有着神秘的力量的。这些佛陀的样貌之柔和的平静和冷静的温和，或许能够给西洋人以灵魂上的和平。他们已经是厌倦于那种堕入习惯的信仰，而在渴望着别个导师的来临，对他们喊道："我对着高的和低的，对着有德的和无道的，对着邪恶的和正善的，对着那些心怀邪教异说和信奉真而善的教条的，是一视同仁。"

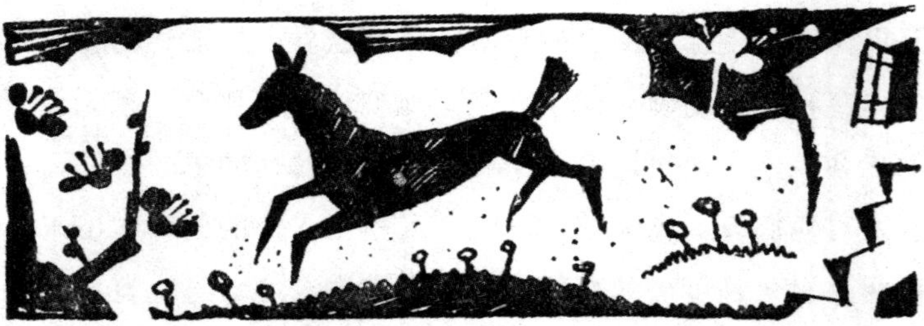

前世的观念

> 哦，兄弟们，若有一个比丘希望回忆已往诸世——一世、二世、三世、四、五、十、二十、五十、一百、一千或十万诸世——的自己种种详细的情形，则愿他心境静寂——愿他参透万象，愿他独坐冥想。
>
> ——Akankheyya经

一

倘使我问一位住在佛教的真实现存的氛围中数年而有着反省的西洋人，东方的思想方法和我们自己之间，有什么特别差异的根本的观念时，我想他一定是答应道："前世的观念。"这个观念，比任何观念都更深地渗入远东全部的心的生活中。它像空气流通般地普遍；它色彩着一切的情绪；它直接或间接地几乎影响及所有的行为。它的象征，连在美术的装饰的琐事中，也始终可以看得到；而终日终夜，时时刻刻，总有些它的言语的音响，自然地浮荡到我们的耳朵里来。人民各种的言语——他们家庭上的说话，他们的俗语，他们的敬虔的或亵渎的呼喊，他们的悲哀，希望快乐或失望的告白——全都和它有相连通的关系。憎恶的表现和爱情的言辞也同样地受着了它的影响；"因果"或是"因缘"这句话——不可避免的报应之意——自然而然地要从一切人的唇上流露出来,当为一种解释,当为一种安慰,当为一种咒骂用。农夫拼命地要上峻峭的坂道感着手车的重量在压迫他的每条筋肉,便要容忍地喃喃而说:"因为这是因果,只好受苦罢了。"仆人们在吵嘴的时候,便要互相问道:"到底为着什么因果,我现在要和你这样的人住在一起呢?"无能的人或是恶人,要被人家用他的因果来咒骂;聪明人和有德者的不幸,也要被人家用同样的这句佛语来说明。犯法者在告白他的罪的时候,要说道:"我所做的事情是不对的,当我在做的时候我便知道,但我的因果比我的心强些,没有办法。"不得团圆的爱人们,相当他们因前世做了罪过,所以结果这一世才会结下不了缘,便双双地去情死;一个不正的被害者,自信他是在偿还那被忘却了的罪过,按照万物永远的规则那是应该要受报应的,想借此来缓和他的自然的愤怒……因此同样地,连说及魂的未来(来世)这个极平常的关系,也要包含着灵魂的过去(前世)这个普遍的信念。母亲要劝诫她那在玩耍的孩子说,若是做了坏事,在来世要转生为别人的儿子时是有影响的。游方的香客或是街头乞丐得到了你的施舍,便要祈祷你来生的幸福。年老的"隐居"眼睛和耳朵差不多不中用了,却很高兴地要说他不久就要变成年轻力壮的人。表示"必要"的这个佛教上的观念之话"约束"和"前世"、"断念"这些语言,在日本人普通的会话中常常可以听到,正如通常英语中的"是"和"非"这些词一样。

前世的观念

一个人长久住在这种心理的媒介中间之后,便要发现它已经是侵入自己的思想中去,而在里面引起了种种的变化的。包含在前世的观念中的一切人生概念——无论怎样用同情心去研究,起初也只觉得奇怪的那一切信念——终于要失掉它们在稀奇的时候所带着的不可思议性和奇怪性,而呈现出一种十分当然般的容貌来。它们说明许多的事情,解释得非常合理的样子;而有些说明,若用十九世纪的科学的思想来测量它,的确是完全合理的。然而,要精确地判断这些概念,第一是须得把西洋的关于轮回的一切观念扫开才可以。因为在西洋的关于灵魂的旧概念——譬如毕达哥拉斯派和柏拉图派的——和佛教的概念之间,并没有什么相类似的地方,而且就正因为了这种不类似,所以日本人的信念证明他们自己是合理的。关于这一点的古来的西洋思想和东方思想之间的大不同,是因为佛教中没有西洋的传统的灵魂——单薄、柔弱、战栗,而透明的内在的人,即幽灵——存在着的。东洋的"我"不是个体,也不像古宗教哲学派的灵魂似的是数目一定的复体,它是不可思议的复杂之统计或集合——数不尽的古人的创作的思想所集中的总数。

二

佛教的理解力,和它的理论与近代科学之巧合,在那使赫伯特·斯宾塞成为最大的探究者之心理学中的部门,格外地显现得明白。我们的心理生活中有不少部分，是由西洋的神学所不能够说明的感情所组成的。使还不能够言语的婴孩看到某种颜脸便要哭，看到另一种的颜脸要笑的感情就是这些。碰着不相识的人马上要经验着的"好"或"恶"之感也是这些。称为第一印象的这个好恶之感，在聪明的小孩儿是常要坦白地告白出来的；不管你怎样确说"人不可貌相"，小孩子的心中也绝对不会听这种教训。用神学上的本能，直觉的意义，来称这些感情为本能的或直觉的，结局也是不能解释什么——不过是像特创的假说一样，把疑问割掉放入人生的神秘中去罢了。以个人的冲动或情绪为复成的观念之说，除了是为魔鬼所迷者的话之外，在那些古式的正教论者看起来，依然是要视为异端邪说的样子。然而我们的较深的感情的大部分，是超个人的这回事，现在已经是成为定论了——我们所称为爱情的感情的，或是那些称为壮丽的感情的，都是。恋情的个性绝对地被科学所否认；那种关于一见钟情的解释（请参照《因果的力》篇）是真的的话，当然那解释也可以拿来应用在一见生憎的上头：就是两者都是超个人的。那种和春天同来同往的彷徨不安的模糊的冲动，那种在秋间所经验着的漠然的抑郁感，也是一样——恐怕就是人类跟着季节迁居的时代，或是人类出现以前的时代所遗留下来的感情吧。那些把一生的大半在平野或草原住过了的人，最初看到白雪皑皑的山巅时所感着的情绪，或是那些住在大陆的内地里的人，最初望到大洋，听到它那种如雷鸣的涛声

前世的观念

时所发生的感觉，也一样是超个人的。看到伟大的风景时所起的那种带着敬畏之念的欢喜，或是热带地区落日的壮丽所惹起的那种混着不可名状的忧郁的哑然的赞叹——这些感情，也绝对非个人的经验所能够说明。精神分析学的确是证明了这些感情是非常的复杂，和种种的个人经验交织着的；然而无论怎样，较深的感情的波浪却绝对不是个人的：这是从产生我们的祖先的生之海所汹涌出来的波浪。正如西塞罗时代很久以前便要恼着人心，而在我们的时代更要搅乱人心的特殊感情——实在那地方是初次看到而总觉得已经到过了的感情，同样地也可以说是属于心理的范围内的吧。看到外国都会的市街，或是外国风景的模样，心里要起一种微微的奇异的激动，总觉得那似乎是很熟识的样子，而要暗自搜索记忆以求解释。无疑地，和此同样的感情的确时时是由埋在心里的记忆之复活或再联想所引起的。然而用个人的经验来说明它们则依然是完全不可解的情绪，却还有许多的样子。

　　就是在我们的极平常的感情之中，也有许多是那些持着"一切的感情思想都由个人的经验得来，而刚生下来的小孩儿的心是一张白纸"这种愚说者所绝对不能够解释的哑谜存在着。由某种花香、由某种色彩、由某个乐调所激起的快感；一看到危险的或有毒的生物，便要不知不觉生起来的嫌恶或畏惧；甚至在梦中的那种不可言状的恐怖慌张——这一切都是古旧的灵魂说所不能够说明的。有些感觉——像对于香气和色彩的快感，这些——在种族的生命中是有着怎样深的根源的,格兰特·亚伦(Grant Allen)在他的著作《心理的美学》内及关于"色彩感"的有兴味的论文中,说得最透彻。但在很久以前,他的先生,一切的心理学者之王斯宾塞,已经明白地证明了许多的心理现象,是完全不能够用经验论来说明的。"纵使可能,"斯宾塞说,"要用它来说明情绪是比用它来说明认识力更加困难的。以一切的欲望、一切的情绪为个人的经验所生之说,和事实背驰很远。我真不得不觉得奇怪,为什么有些人会抱着这种见解。"又指示给我们说"本能","直觉"这样的述语,照旧时的使用法是没有真意义,以后它们应该被用在一个新异的意义中的,也是斯宾塞这位先生。"本能"这个述语,照近代心理学的用义,是"组织化的记忆",而记忆本身便是"初期的本能"——就是说,所谓本能者,是在生的连锁中被遗传给后代的个人之印象的总数。像这样地,科学承认记忆的遗传:不是说能够把前世的事情一一都记忆起来的神秘的思想,而是说跟着那被遗传的神经系统的组织中所起的微微之变化,给心的生活上以微微的增加之意。"人的脑髓,是在人类的进化中,不,或许是在人类借以达到的种种有机体的进化中,所受到的无限的经验组织起来的登记簿。这些经验中最普遍的、最常得到的结果,会连本带利地遗传下去;而且会慢慢地成为高尚的智力,潜在婴儿的脑髓中——这个智力,婴儿后来会去应用它,发展它,而使更为复杂化——而且婴

前世的观念

儿会再增加一些,又传给后代的。[①]"由此,我们对于前世的观念及复合的"我"的观念,便有着确实的生理的根据了。各人的脑髓中,封锁着前代的一切头脑所受到的无穷经验的遗传的记忆,是不可争辩的。但这种关于过去的自我的科学的确说,却没有物质的意义。科学是唯物论的破坏者:它已经证明了物质的不可解;它告白着心的秘密依然是不可解,即使迫它去假定着情绪的最终的单位也是。然而,人的一切情操、一切能力,是由比我们老几百万年的简单的情绪单位建设出来的,一点都无疑义。于此,科学和佛教一致,承认着"我"是复合体的,又像佛教一样,用着过去的心之经验,来说明现代的心之谜。

三

一定有许多人,会以为灵魂是无限的复合体这个观念,要使西洋的意义上的宗教观念不能发生。那些不能够抛弃古旧的神学概念的人们,无疑地一定要想象着普通人民的信仰,无论是住在佛教国里的,也不管有着佛典的证明,是建设在以灵魂为个体这个观念的基础上的。然而,日本却供给着和此正反对的显著的证据。没有受过教育的普通人民,绝对没有研究过什么佛教哲学的最可怜的乡巴佬,也相信他们

[①] 斯宾塞的《心理学原理》中的《感情论》之一节。

自己是复合体的。更显著的就是在原始的宗教神道教中，也有着同样的教义存在。远东的一切人民，无论是在佛教的意义上，或是神道教所代表的初期的意义（一种分裂繁殖说），或是中国的占星学所创设的奇怪的意义，总以为灵魂是复合的样子。在日本，则我充分地看到了这个信仰是很普遍的了。在这儿也没有引用佛典的必要，因为单是普遍一般人的信仰，不是佛教哲学的信仰，便能够供给宗教的热诚和灵魂复合的观念是可以同时并立的明证。一个日本农夫，的确没有想着他的心是复杂得像佛教哲学所说，或是西洋科学所证明那样厉害。然而他总想自己是复合体的。在他的内心起着的善的冲动和恶的冲动之间的斗争，他便解释为那构成他的"自我"的种种秘密意志之间的斗争。而他的精神的希望，就是把他那些善的自我从恶的自我解放出来这回事——因为涅槃，就是最高的幸福，只有最善的自我之遗留才可达到。像这样，他的宗教是根据着离开科学思想不很远——不像我们本国人民所抱的传统的灵魂观离开科学思想那么远——的心灵进化的自然的见解的。不待说，关于这些抽象的事项，他的观念是很模糊而没有什么组织的；但它们（观念）的一般性和倾向是很显然明了；因此，对于他的信仰之诚实，或是对于这信仰在他伦理生活上的影响，是没有什么疑义的。

信仰若在有教育的阶级中间残存着，那同样的观念便会得到定义和理论。我可以从二十三岁和二十六岁的两个学生

前世的观念

所做的文章中引出两节来作证明。我能够容易地举出许多例证，但下面所举的两个，便能够充分地说明我的意思了：

说灵魂的不死，是再蠢没有了的。灵魂是一个复合体；它的成分虽然是永久不灭，但我们晓得它们绝对不能正确地照原样再结合第二次。凡一切复合的东西，都要变化它们的性质和它们的样式。

人的生命是复合的。种种精力（Energy）的结合造成灵魂。当一个人死了的时候，他的灵魂依着结合的状态如何，有的不变更，有的会变更。有些哲学者说灵魂是不灭的，有些则说是灭的。他们两说都不错。灵魂之与灭不灭，是依着组成它的结合之变化如何而定。构成灵魂的根本的精力，的确是永久不灭的；但是灵魂的性质，却因构成灵魂所要的诸精力之结合的性质而决定。

这些文章中所表现的思想，在西洋的读者，最初一看，一定要以为是无神论的。然而他们实在却是很合于最真挚和最深刻的信仰。所以惹起这样的错误印象的，是因为"灵魂"这个词的用法，和我们所理解的意义完全不同的缘故。由这些青年作文者所用的"灵魂"这个词的意思，是一个种种的善和恶的倾向之近乎无限的结合——是一个不但因为它

147

是结合物这个事实，而且因精神进化的永久法则，终于要瓦解死灭的结合物。

四

数千年来在东洋的思想生活中成为那样重大的要素的这种观念，直至我们的现在，还不能够在西洋发展过，可以充分地用西洋的神学来解释。然而，若是说西洋的神学使前世的观念绝对不能够渗入西洋人的心，却是不正确。基督教义，说各个灵魂是特地创造出来赋予各个新生的肉体的。虽然不准公然相信前世，但一般人的常识却在遗传的现象中认识到了这个教条的矛盾。同样，神学虽然在主张动物不过是一种由称为本能的这个不可解的机关所动着的自动木偶，但人民却大概都承认动物也有理性。在三四年前流行着的本能论和直觉论，在现在已经完全是粗浅不合理的了。当为解释心理现象用，它们大概是不中用的样子；但当为教条用，则它们有阻止思索和预防异端邪说的效力。华兹华斯（William Wordsworth）的《忠实》（*Fidelity*）和他那估价过高的《不朽的暗示》（*Intimations of Immortality*〉，证明着关于这些事情的西洋的观念，就是在十九世纪之初，也是极端苟且和粗暴的。狗对于它主人的爱，实在是"比人们的评价高超很多"，但这个理由，华兹华斯却连梦想也没有做到；虽然小孩儿时代的新鲜的情绪，的确比华兹华斯所给予的不死观念,更是一个可惊的什么事物的暗示,但关于这些的他的名句,被约翰·莫列(John Morley)评为没意思却很公平。在神学不衰灭的中间,关于心的遗传、本能的性质和生的统一等的合理的观念,是绝不会赢得一般人的认同的。

但和进化论的承认同时,旧式的思想都破碎了,到处是新的思想在代着陈腐的教条兴起。我们现在能够看到一种智的运动,在奇妙地和东方的哲学方向平行着前进。最近五十年间科学进步之惊人的迅速和复杂,在非科学者之间,也同样地促进了智的发展了。最高尚和最复杂的有机体是由最低级最简单的东西发达起来的;唯一的物质的基本(原形质)是全生物界的基本;动植物之间不能划出一个分明界线;生物和非生物之差只是程度问题而非种类之别;物质和灵魂同样是不可解的,无非是未知的同一实体的异形的表现罢了——像这样的话,都已经成为新哲学的陈腐之言了。神学既然一旦承认了物质的进化,那么对于心灵的进化的承认,自不难预言其不会无期地延长下去。因为由古教义建筑起来禁止人们回顾过去的墙壁,已经是被破毁了。而在今日科学的心理学的研究者,前世的观念已经脱出学说之城而进入事实之境,证明着佛教的解说和别的任何解说一样地完全合理的了。"除了很粗率的思想家之外,"已故的赫胥黎教授(Thomas Henry Huxley)说,"没有谁会用传统的背理的见地来排斥它,和进化法本身一样,轮回说在实在界中也有着它的根基；因此，它可以要求类推论所能够供给的拥护。"①

　　由赫胥黎教授所给的这个拥护，有着非常大的力量。由他之说，我们并不是看到那种经过几千年，从黑暗飞到光明，从死飞到再生的单一个灵魂；但前世的重要的观念，差不多是如佛陀本身所说的那样遗留下来了。在东洋的教义，心理的人格，如个人肉体一样，是一个终要破灭的集合体。在这儿我所谓的心理的人格，是那区别着心和心——区别着"我"和"你"的，我们所称的"自我"，在佛教，它便是一个种种幻影的一时的集合体。造出这个集合体的是因果。因因果而再化身的——无数的古人之行为和思想的总数——其中的各个，在一些伟大的心灵系统中都成为一个整数，或加或减，都能影响及其余的一切。因果好像磁一样，从这个形式传达到那个形式，从这个现象传达到那个现象，而由结合的状态所决定。因果所集成或创造的结果的终极的秘密，佛教信徒认为是不可了解的；但维持结果的结合力，则他们说是"渴爱"（tanha）——生的欲——所生，这和叔本华所谓的想生的"意志"相当。我们在斯宾塞的《生物学》中，能够发现着奇异的和此相类似的思想。他对于性向和变态的遗传，是用两极性（polarity）——生理学的单位的两极性——来说明的。这个两极性说和佛教的"渴爱"说之间，相似之点比相差之点显著得多。因果或遗传，渴爱或两极

---

①　《进化和伦理》六十一页；一八九四年版。

性，它们的终极的性质都是不能够说明的：在这一点，佛教和科学完全一致。值得注意的事实，是两者在不同的名称之下认识着相同的现象。

五．

由非常复杂的方法，科学奇妙地达到了和东洋的古思想相调和的结论．这事实能够惹起一个疑问：就是这种结论能够使西洋的大众之心理解得清楚吗？的确，正如佛教的真教理单由形式便能够教示信徒的大多数一样，科学的哲学也可以单由暗示——由那足以刺激生来便是理智的头脑的事实，或事实的配合的暗示——来传授大众的样子。科学进步的历史，证明了这种方法的有效．而说因高尚的科学的议论，是超越非科学的民众的理解，所以那科学的结论也不能够被一般民众所理解的这种推论，是没有什么有力的理由的。行星之大和重量，恒星的距离和构造引力的法则，光、热、色的意义，声音的性质和其他科学所发现的无数事实：在那些完全不晓得借以得到这些知识的方法的详细的几千民众，也是非常熟识的。在这一个世纪中，每次科学有了什么大进步，民众的信仰也跟着要生起大变化的，我们可以举出这样的明证来。就是教会，虽然还拘泥着灵魂的旧说，也已经承认了物质的进化论的大纲。在最近的将来，旧信仰的墨守，或是智的退步，大概是不会有的。我们可以期待着宗教的观念生起较远的变化，而且这种变化的成就将是迅速而不是缓慢的。不待说，我们不能预言这种变化带着什么性质，但从现在的智的倾向推察起来，则心灵上的进化说，虽然不能即刻给实体学的理论以最终的界限，但终必为人们所承认的。而且"我"的全部概念，也终于必因着发展的前世观念，而被变更的。

六

关于这些盖然性（probability）可以做更精细的考察。不过，在那些视科学为破坏者而不是改造者的人，则这些盖然性也不会被认为是盖然性的吧。然而这样的思想家却忘记了宗教的感情比教条深很多；忘记了它（宗教的感情）是比一切的神和一切的信仰长命；又忘记了它是跟着智力的扩张而要越加扩大深化加强的。只当为教条的宗教终必消灭，这是进化论的研究所必达的结论。然而当为感情的宗教，当为对于那创造人物和星座的不可知的力之信仰的宗教，说它会完全地绝灭，则是现在所不能够想象的事。科学只是和现象的误解作战；它只是扩大宇宙的神秘，证明万物无论怎样微小，也是无限的奇妙和不可解的。这个扩大信仰、扩张宇宙情绪的科学之显然的倾向，使我们可以推察着：将来西洋宗教观念的变化，将完全和过去所实行的任何变化不同；西洋的"自我"的概念，将形成得和东洋的"自我"观念相似的东西；而说人格或个人自身便是存在的实体这种现在的一切可怜的心理学的观念，将全部消灭的。如科学教他们似的，一般民众已经开始了解遗传的这个事实，正指示着，最少，这些变化的几分借之以达到的道路。关于心灵进化这个大问题的议论，将来一般人一定是跟着那最少有抵抗力的道路走下去的吧。而这条道路无疑地将是遗传的研究，因为要考察的现象，无论它们本身是怎样难解，但大都是一般人的经验所熟知，而且会给无数的旧哑谜以几分的答复。因此，我们十分可以想象着将来西洋的宗教形式，将为综合的哲学的全力所拥护。和佛教不同的地方，重要是在于它的概念非常精确这一点而已。而且要承认灵魂为复合体之说，要传教近似因果说的一个新的精神的法则的。

可是，有许多人对于此说，心中一定马上会生起反感来的。他们将断言这样的信仰变化，是表示感情要在咄嗟之间被思想所征服和变更的。然而斯宾塞说："这世界不是被思想所支配，而是被感情所支配的。思想不过是感情的引导者罢了。"像论者所说的那种变化的概念，怎么能够和西洋现存的宗教情绪的一般知识，及宗教情操的力量互相一致呢？

若是前世的观念和灵魂复合体的这个观念，真的是违背西洋的宗教情绪的，满足的解答当然不能够作出来。但它们果真是那么违背于西洋的宗教情绪的吗？前世的观念的确是不违背的；西洋人的心早有这种准备思想的。真的，最少在那些还不能脱离旧式思想的习惯的人们看起来，终于要瓦解的"自我"是复合体的概念，并不比物质的绝灭的观念好得多少。然而，公正地反省，将指示这儿是没有恐怕"自我"瓦解的情绪的理由的。实在的，就正因为有了这个瓦解，虽然无意识地，基督教徒和佛教徒，才一样地都永久地在做祈祷。什么人不常常在祈望抛弃自己的性质的恶部分，抛弃做蠢事或做错事的倾向，抛弃说或做刻薄事的冲动——抛弃那一切还依附在品格高尚的人身上，而要使他最优美的志望陷落下去的卑劣的遗传性？然而我们这么热心地希祈其分离、消去、死灭的东西，正是从祖先遗传下来的心灵，实在的"自我"的一部分，而不是那帮助高贵的理想实现的后天的较大的能力。故"自我"的瓦解并不是个可怕的灭亡，而是我们的努力所应该趋向的一切目的之一。无论怎样新的哲学，也不能够禁止我们希望着："自我"中最善的要素，须得是欢跃地去寻求更高尚的亲和力，进入更伟大又更伟大的结合里，直至接到最高的启示，而我们才透过无限的幻影——经过"自我"的完全绝灭——看明了"绝对的实在"的。

连那所谓的元素，我们都晓得它们是在进化着的，所以我没有证据说万物要完全死灭。我们现在所有的，的确是从前曾经有过，而将来也会有的。我们经过无数的进化和无数的宇宙的死灭而生存下来了。我们晓得全宇宙的一切事物都受着定律的支配。什么原子要构成行星的核心，或什么东西要受着太阳的恩德；什么东西要锁藏在花岗岩和火成岩的里面，或什么东西要在植物和动物之中繁殖着。这些绝不是偶然所能决定的。照理性的类推法所能够推论的说，每个最终单位的宇宙的历史，无论是心理的或是物理的，都像佛教的因果说那样，可以确实和精密地得到了决定。

七

　　科学的影响，不是西洋宗教信仰变革的唯一要素：因为东洋哲学的确也是它的另一个原因。梵文、汉文、巴利文①等的研究，以及其他东方各地语言学者的不挠不屈的努力，都在迅速地使欧美亲近着东洋一切的大思想；佛教在全欧也正在被有趣地研究着，而这些研究的结果，在最高文化的心的产物中，在逐年越加明显起来。哲学诸派所受的影响，没有像时代文学所受的那么明显。关于"自我"问题的重新考虑，到处在侵入西洋人的心里的这种证据，不但是在当代的有思想的散文里可以找到，连在诗歌和小说中也能够发现到的。在一代之前不会有的观念，现在正在变革时代思潮，破坏旧趣味，发展较高尚的感情。在较大的灵感之下活动着的创作的艺术，正在告诉我们，认识了前世的观念，在文学上便会得到怎样完全新奇而优秀的感情，得到向来所想象不到的热情，又得到情绪力的深刻。就是在小说上，我们也晓得我们向来只住在一个半球

---

① Pali，古代印度的用语，东南印度的佛经用语。

里面；晓得我们向来只想及思想的半面；晓得我们必须得到一个新的信仰，来在现在这个大平行线之上，把过去和将来联结起来，而使我们的情绪世界完成为一个完全的球体了。"我"是复合体这个明确的观念，无论它是怎样像个似非而是的学说，它是要达到那"多数便是一个，生是统一的，没有有限，只有无限"这个更大的信念之绝对必要的路径。要等着那想象"我"为独一无二的盲目的骄傲心被推翻，和我与自私的感情完全被破坏了之后，当"自我"为无限的知识——和大宇宙一样的——才能够达到。

　　无疑地，在我们得到当"我"为一个这种思想是自私的虚构这种智的信念之前，我们在过去曾经生活过的简单的感情的信念是要发展着的。但是"我"的复合性结局必定要被承认的，虽然它的神秘还是存在着不可解。科学假定着生理学的单位，同样地也假定着心理的单位。但无论哪个假定的单位，用数学的计算的最大力量，也不能够把它计算出来的——好像它自己分析到纯幽玄的境界中去了的样子。化学家为着研究的目的，不得不想象一个极微的原子。但那想象的原子所象征的事实，恐不过就只是力的一个中心——不，恐怕就像佛教的概念似的，只是一个无，一个旋涡，一个空罢了。"色即是空，空即是色。受、想、行、识，亦复如是。"在科学和在佛教一样，宇宙化为一个大幻影——化为许多不可知不可量的力的一幕剧。虽然，佛教答复了"从何而来"及"从何而去"的问题——而且在每一个进化的大周期中，预言了前世的记忆要苏生，未来的一切同时要展开在眼前——连天上的天都看得见的那种精神的扩张时期之将来临。科学关于这点却守着沉默。但它的沉默是诺斯替教（Gnostic）的秘密的沉默——是"地狱的女儿"和"灵鬼的母亲"西格（Sige）。

得到科学的完全同意，我们能够相信的，是可惊叹的启示在前面等着我们这回事。在近代，新的感觉和新的力量已经发达起来了——音乐的感觉和数学者那在生长不息的才能，更高的想象不到的才能将在我们的后代发展着，是有理由可以期待的。还有，某种心的能力，无疑的是遗传下来的，只在老年时期才会发展起来这事实和人类的平均寿命在确实地延长这事实，也已经是很明白了。因为长寿的增加，一种不劣于会记忆前世的能力之奇异的能力，借未来更伟大的头脑之出现，会突然发生出来的也未可定。佛教的梦想是难以超越的，因为它们触着无穷。但谁能够臆断地说它们绝对不会实现呢？

附　注

在读过了上面一文的诸君，我感着在这里有注意的必要的，是关于"灵魂"（soul）、"我"（self）、"自我"（ego）、"轮回"（transmigration）、"遗传"（heredity）

等这些术语的我的自由用法。这些术语的英语，在那佛教哲学中，意义是完全不通用的。英语所谓的"灵魂"在佛教是没有的。"我"是幻影或是幻影的聚集。从一个身体移转到别的身体去的"轮回"，在出处明确的佛经中很明白地被否定着。所以因果之说和科学上的遗传的事实之间的相类似，实在难说是完全的。因果并不是表示同一的复合我的生存之意，而是表示它的倾向性的存在之意，这倾向性再结合形成一个新的复合我的。像这样形成出来的新的存在不一定是取着人类之形，就是因果并不是从父母传给儿子的。生的形态虽然是根据着因果，但和遗传的系统却没有关系。乞丐的因果体，在来生会变成帝王的肉体也说不定；帝王的因果体要在来世再生为乞丐的肉体也未可知。但是再生的状态，无论如何总是根据着因果而决定的。

一定有人会这样问："那么不变地继续着的各人的精神的要素——在所谓因果的这个壳之中的精神的核仁——为着正道活动的力——到底是什么呢？若灵魂和肉体同样地只是一时的结合，而做成人格的唯一原因是因果（它也是一时的）的话，那么佛教的教义的价值在什么地方，它的教义又有什么意思呢？因为因果而受苦的是什么？在幻影之中的东西——那是进步的——那是要达到涅槃的——是什么呢？那不是一个"我"吗？不，不是我们所谓的"我"。我们所称为"我"的，在佛教是不承认它的实在。形成和分解因果的东西，为着正道活动的东西，达到涅槃的东西，并不是我们西洋语所谓的"自我"。那么是什么呢?是在各人之中的佛性。在日本语则称为"无我的大我"。此外没有真的我。包在幻影里的这个我,称为"如来藏"(Tathagatagharba)——好像在子宫里的小孩儿似的,还没有生出来的佛陀。在各人之中有个永远的东西潜藏着。那就是实在。另外的一个我是虚伪的——是假的——是一个蜃楼。死灭说只是意味着幻影的死灭而已。只属于肉体的生活的情绪、感觉、思想等,也不过是做成这个复杂的幻影的我的幻影罢了。由这个虚伪的我的完全分解,好像扯破网膜似的,无穷的洞察力显现出来。这儿是没有什么"灵魂"的。无穷的"全灵"(All Soul)是一切的生物的唯一无穷的要素,其他全都是梦幻。

存在涅槃中的是什么呢?依佛教的某宗派之说,则是无穷中的潜在的"本体"(identity)——所以一个佛陀,在他到达了涅槃之后,不能够回到俗界来。又据着别宗派之说,则那是超潜在性的本体,而且不是我们所谓的肉体的实体。有一位日本朋友说:"我取一块金,而说那是'一个'。但这是说在我的视觉上发生"一个"的印象之意。实际上,那是构成那块金的原子之群,各个原子都判然有别,而且各自独立着的。在佛陀的境地,无数的心灵的原子,也是这样地被结合着。这无数的原子形成一个的状态,然而各个却有它们独立的存在。"

但在日本,因原始的宗教(神道教)影响及平民阶级的佛教信仰颇深,所以说那是日本的"我的观念"也可以。不过须得同时想及一般的神道教的思想。关于神道教的对于灵魂的观念，我们有着很明了的证据。但神道教的灵魂也是复合体的——好像"因果体"一般，它不单是情绪、知觉及意志的聚集，而是许多的灵魂结合起来所做成的一个人格。死人的灵魂可以凝成一个出现，也可以分成几个出现。它能够分离它的单位，而这各个的单位能够取着特殊的独立行动。虽然，这种分离是一时的，复合体的种种灵魂就是在死后也自然能够联合，而且在自动地分离了之后也能够再结合。日本人民的大多数是佛教信徒，同时又是神道信者。然而关于"我"，则原始的信仰（神道教）的确是最有力量，就在两信仰的混合之中，这也可以明了地识别出来的。这些原始的信仰，恐怕可以把因果说的艰深，较简易明了地说明给民众之心的吧，虽然我不能够确言它会说明到什么程度。总之，无论是在佛教或在神道教，都相信"我"不是从父母传给儿子的一个要素——不是始终依着生理的血统的一种遗产。

这些事实，可以指示出在东洋的观念和我们的观念之间，是有怎样的大差别的吧，关于前文的题目。这些事实，同样也可以指示出，要借关于"我"的观念的术语的用法，依严密的哲学的精确，来使人了解在远东两种信仰的奇异的联结和十九世纪的科学的思想之间所存在着的真的类似这个概念，是怎样地不容易吧。实在，这儿是没有一种欧洲语言能够译出佛教用语的精确意义来的。

前世的观念

　　离开赫胥黎教授的《感觉及感觉传达机关》的论文中所简明地陈述着的见地，或许要被想为不正常的也未可知。他说："分析到底，则感觉，好像是感觉中枢对于物质的运动样式的意识上的等价物似的。但是，若再进一步探究，问道：那么，物质和运动到底是什么呢？对于此，只有一个答复可能。就是，尽我们所知的，所谓运动者，是关于我们的视觉、触觉、筋肉觉的某种变化之名。又尽我们所知的，所谓物质者，是物理的现象的假定的实质，而这个假定和心的实质的假定一样，完全是形而上学的思索。"然而形而上学的思索，绝对不会因为最后的真理是在于人类的知识之极限外的这个科学的认定而中止的。毋宁说是正因为了这个理由，所以它（形而上学的思索）要永远继续下去。它是不会完全停止的吧。若没有形而上学的思索，宗教上的信仰的变革便不会有，而没有变革，则和科学的思想保持一致的宗教的进步也不会有。所以，在我看起来，形而上学的思索不但是正当，而且是必要的。

　　不管我们肯定或是否定心的"实质"；不管我们以为思想是因一些不明的要素触着脑髓的细胞才产生出来的，正如音乐是由手触动竖琴的弦而生一样；不管我们以为运动是脑细胞所固有而附着在它里头的振动的特殊样式——神秘依然是无限地神秘着，而佛教依然是适合于人类的希望，而和道德的进步的法则相调和的一种高尚的道德上"有效的假说"（Working-hypothesis）。不管我们对于那被称为物质的宇

161

宙的实在相信与否，那不能够说明的遗传法则——不特殊化的生殖细胞中的种族及个人的性向之遗传法则——的伦理的意义，依然是肯定因果说的存在。不管构成意识的是什么东西，但总之它和一切的过去及一切的将来有关系是无可疑议的。涅槃之说，也永远不会失掉公平的思想家之深大的尊敬。科学已经找到了明证：就是既知的物质，和心同样的是进化的产物——我们所谓的"四元素"（土、风、水、火）是从"还没有分化的原始的形式的物质"所进化得来的。而这个明证，很明显地暗示着那说解脱和幻影的佛教教义中的某种真理——一切的形都从无形，一切的物质的现象都从非物质的实体进化来的——一切终于要归还那"无欲、无憎、无懒惰的状态——个性的刺激已经没有，万念俱空的状态，那被称为太虚的状态"。

虎列刺[①]流行时

一

从我的住宅楼上的阳台，可以看到那两边排列着小商店的一条日本街的全部，直到底为止。我常常看见患虎列刺的病人，从这条街的各家屋里被搬到医院去的光景——最近的罹病者（就只在今早）是住在街道对面的邻人，他开一家瓷器店。人家把他强硬地搬走了，不管他的家眷的眼泪和哭喊。卫生法是禁止虎列刺病人在自家里疗养的。但一般的人民还是极力要隐藏他们的病人，不管什么罚金或其他的刑罚，因为公共的虎列刺医院非常拥挤，而且招呼很是草率。还有病人是完全不能够见到亲人的。然而警察是不容易被瞒骗过的：他们马上要发现着没有报告的病人，带着苦力和担架来。这好像是很残酷的样子，但卫生法却非残酷不可。我

---

① 霍乱的旧称。

那邻人的妻跟在担架的背后,边走边哭,直至警察强迫着她回到她的寂寞的小瓷器店去为止。这家小小的瓷器店现在是关着的,且恐怕永远不会再被它的主人开起来了吧。

像这样的悲剧是很快地就发生,同时又很快地就完场的。遗族们一等到法律许可,便马上把他们那许多伤心的家私搬走,躲到什么地方去了。于是,这街上的日常生活,又是日日夜夜地继续进行下去,俨然是没有什么特别的事件发生过一般。行商走贩们带着竹竿和笼子或是桶或是箱,从空洞的家屋前走过,照例地发出叫卖的喊声来;僧侣们的行列,一面唱着经文的残篇断句一面走过;盲目的按摩者吹着他那悲愁的口笛;更夫在水沟板上敲着沉重的棒声;卖糖果的孩子还是在敲着他的鼓,用一种像女孩儿的可怜而悦耳的声音唱着情歌:

你和我在一起……我已经是长久地依偎着你;但当此要离别时,我想我是刚刚才亲的。

你和我在一起……我还不忘记这茶的香气,或许别人要说那是宇治的旧或新的茶;但在我呀,那是山茶花的美丽的玉露的滋味。

你和我在一起……我是电报的传送者;你是电报的接收人。我送给了我的心,你收到了我的心。现在是,凭它电柱要倒塌,凭它电线要折断,我们有甚关情?

小孩儿们也是照常地在玩耍。他们边喊边笑地互相追逐着；他们在合唱地跳着舞；他们在捉蜻蜓而把蜻蜓绑在长线上。

有时候一个小孩儿消失了，但是残存的还是继续着他们的玩耍。这是聪明的办法。

火葬一个小孩儿只须费掉四角四分钱。我的邻居中的一个，在数日前才烧掉了他的一个儿子，他常常要玩耍的那个小石块，还依旧地横在太阳的照临中……小孩儿的喜欢玩弄石头真是奇怪！石头不但只是穷小孩儿们的玩具，无论哪个小孩儿，到了某个时期，一定要去玩它的；不管你供给怎样美好的别种玩具，每个日本小孩儿总要去玩石头。在小孩子的心目中，石头是一个不可思议的东西，但这也是当然的，因为即使是在数学家的理解力，世间也没有比一块平凡的石头再不可思议的了。小顽童总猜测石头是比它的外观还要奥妙得多的，而这实在是一个很拔群的猜测。如果不是愚蠢的大人要欺骗他说他所玩的东西是不值得想的，他一定永远不会讨厌它，而要常常在它的上面发现着新奇而非常的一些什么的吧。只有一个大学者，才能够答复小孩子关于石头的一切疑问。

依民间的信仰，则邻人的爱儿现在正在"灵河"（River of Souls）的干河床中玩着幽灵的小石头——或许一面在玩，一面在惊奇着为什么那儿没有日影射着。含蓄在灵河这个传奇中的真的诗情,是它那主要观念的绝对的自然——是一切的日本小孩儿玩弄石头的这种游戏,继续到幻境去这一点。

二

一位卖旱烟管的,常常肩上用竹竿挑着两个大箱到近边来。一边的箱里放着种种的直径不同、长短不一、色泽相异的烟管柄,和许多要把金属的烟斗装上烟管柄的器具做一堆;另一边的箱里则放着一个小孩儿,他自己的小孩儿。有时候我看见那小孩儿从箱缘的上面窥探出来,在对着过路人微笑;有时候则看见他躺在箱底,被好好地包着在熟睡;有时候则看见他在玩弄着玩具。听说有许多人常常要给他玩具玩。在那些玩具之中,有一个奇妙得很像是死人的牌位。而且这个,无论那小孩儿是在睡或是醒着,我始终要看到它放在箱里。

过几天我发现了这位卖旱烟管的,舍弃他的竹竿和吊箱了。他现在是推着一个小小的手车上街来,那手车的大小恰好载着他的货物和他的小孩儿,而且很明显的是为着这个目的特地做成两个间隔。这,或许是因为那小孩儿已经长得太重了,不适于原始的搬运法的吧。在那手车的上面有一面小小的白旗在飘扬,那上面用草书写着"更换烟管"的标题和一句"请大方君子帮忙"的短文。那小孩儿好像很健康和快乐的样子。这时我又看到那个从前常常要惹起我的注意的牌位形的东西了。但现在，它是被好好地绑在小孩儿的寝床对面那个高高的箱子上面的。在我守望着那手车前进的时候，我突然觉得那个木牌是真正的牌位了。太阳辉煌地照耀在它的上面，那照例的佛经文句显然地可以看见。这很引起了我的好奇心，于是我便叫万右卫门去对那卖旱烟管的说，说我有许多烟斗要换新的烟管——这是实在的事情。不久那手车便推到我的门前来，我走近去看它了。

那小孩儿并不畏缩，即使对着一个外国人的脸孔。是一个漂亮的小孩儿。他咿咿呀呀地说话，笑和伸出他的手来，很明显的是惯于被爱抚的。而在和他玩耍之间，我注视了那个牌位。那是真宗派的牌位，写着一个妇人的讳名。万右卫门替我把上面的汉字译了出来："在优越的净境受着尊敬和好地位的人，明治二十八年三月三十一日。"这时候一个仆人拿着许多要换新烟管的烟斗来了，于是我便看着这个在做工的工匠的样貌。那是一个过了中年的男子的脸孔，嘴的周围刻着许多疲劳而引人生起同情心的皱纹，这是旧时生过若干笑波留下来的干河床，这使许多日本人的样貌显出一种忍从的温良的不可言喻的表情。一会儿万右卫门便开始问东问西了，而当万右卫门发问的时候，除了是恶人以外，无论谁也不能不作答复的。有时候在他那不知罪恶的可爱的脑壳后面，我竟要觉得我是看到一种后光[①]在发射了——菩萨的后光。

---

① 佛菩萨像后所造立的光相。

卖旱烟管的说起他的历史来作答复了。在他们的小孩儿生下两个月之后，他的妻便死了。在她临终的时候，她说道："从我死了的时候起以后满三年间，我恳求你让这孩子永远和我的灵魂联结在一起：绝不要使他离开了我的牌位，因为这样我便可以继续照顾他和喂他奶——这也是你所晓得的，他须得吃三年的奶才好哩。这个，是我最后的祈求，请你不要忘记哦。"但是母亲一死，父亲便不能一方面照顾着那么幼小的日夜必须照顾的小孩儿，一方面照旧地去做他的工作，而且他太穷请不起一个奶妈。因此，他便卖起旱烟管来，这样他既可以赚一点钱，又可以一刻都不必离开他的小孩儿了。他没有能力买牛奶，但他用米汤和糖浆喂养了小孩儿一年多。

我说那个小孩儿很是强健的样子，一点都不因为缺乏奶水而觉得不好。

"那是，"万右卫门用一种像谴责的口调说道，"因为死了的母亲在喂他奶。他怎么会缺乏奶水呢？"

于是那小孩儿微微地现出笑容来，俨然像是感着亡母的爱抚一样。

关于祖先崇拜的感想

"阿难听吧,在沙罗树林周围十二里之间,即使是只容得一毫发的尖端插入那么小之地,也莫不是刚强的灵鬼遍在的地方。"

一

祖先崇拜,在现在欧洲若干文化最高的国里,还借着种种不明显的形式残存着的这个事实,不广被一般人所知道,所以有些人要以为现在还在实行那种原始的礼拜的非雅利安民族,必然地是还停留在原始的宗教思想里头的。批评日本的批评家们,也发表了这个轻率的断语。而且告白了他们不能够说明日本的科学的进步的事实,及高等教育制度的成功,怎么会和祖先崇拜的继续相并而行。神道教的信仰和近代科学的知识,怎么能够共存呢?科学上著名的专家,怎么能够崇拜家庙或在神庙之前叩头呢?这一切不只是在信仰死灭后所遗留着的形式吗?将来教育再进步下去,神道教连单是形式的也不会存在这件事,不是一定的吗?

提出了这些疑问的人,好像忘记了和此同样的疑问,也可以对着西洋宗教信仰的继续,对着西洋宗教在二十世纪是否还可以存在着这事提出的样子。实际上，神道教的教义比着基督教，绝不会有多和近代科学不调和之点的。用极公平的态度来考究，则我敢说神道教的教义比着基督教少和科学不调和之点，不只是一二点而已。它和我们的正义观念少有冲突，而且和佛教的因果观念一样，供给若干和科学的遗传事实很相似的观念——这种相似的观念，证明着神道教含有和世界任何大宗教同样深奥的真理的一分子的。尽可能地简括一句说，就是神道教中的真理的特殊分子，是生者的世界直接地被死者的世界所支配着的这个信仰。

一个人的一切冲动和行动，都是神的所为，及一切的死者都变为神的这种信仰，是这个宗教的基础的观念。但我们应记着，"kami"①这个词虽然被译为"deity"，"divinity"或是"god"，而实在却没有像这些英语所包含的那种意义；它甚至也没有指着希腊和罗马的古信仰而用的这些词的意义。它，在非宗教上的意义，是"在上的"、"高级的"、"卓越的"、"超群的"；在宗教上的意义，便是表示着死后得到超自然力的一个人的灵魂。死者是"在上之力"，是"上级者"——就是"kami"。这个思想，很像近代神灵学的幽灵的概念——只是，神道教的观念实在不是民主的。kami是品位和力量相差很远的幽灵——是属于那像古日本社会的教职政体的灵。在某几点上，神虽然是本质地

---

① 日本语神的意思。

关于祖先崇拜的感想

比生的人卓越，可是生的人却能够给他们（神）欢喜或不欢喜，能够使他们满意或愤怒——甚至有时候能够改良他们在灵界的境遇。所以在日本人的心目中，死后的荣典绝不是游戏事，而是真诚的。譬如在今年①，有许多著名的政治家和军人，在他们死后便马上被追赠较高的官级。在前几天，我在官报中看到了这样的记事："陛下将二等旭日章追赠最近逝世的男爵山根少将。"像这种的皇恩，不能够当为只是尊重勇敢的爱国者的纪念的官例文章，也不能够认为只是对于死者的遗族的表彰而已。这根本就是神道教的精神，而证明着日本在世界各文明国中独有的宗教的特性——在看得见和看不见的两世界之间有着密切的关系。在日本人的思想，死者和生者同样是实在的。他们参与着人民的日常生活——连最琐屑的悲哀和最细小的欢喜他们也有份。他们陪伴着家族吃饭，看守着家庭的幸福，帮助和欢喜子孙的繁荣。他们出席于公共的游行，神道教一切的祭典，或武术的竞技会，或是为着他们特设的种种游艺会。而一般的人民都相信他们是喜欢着人家给他们贡礼和追赠他们尊号的。

这篇短文的目的，若能认识 kami 是死者的灵魂也就够了——不必识别这些 kami 和那被认为创造世界的最初的神之间的差异。认定 kami 这个语词的总括的解释是这样，那么，现在我们再回来研究那以为死者是依然住在这个世界，

---

① 一八九九年九月所写的。

171

而且在主宰这个世界，不但感化及人们的思想和行为，而且影响及自然界的状态的这个神道教的大观念吧。本居翁写着说："他们支配着季节的变迁，风和雨，国家及个人的好运与否运。"简括地说，他们是存在一切现象背后的看不见之力。

二

从这个古代的心灵学引出来的最有趣的学说，就是说人们的冲动和行为都受着死者的影响这一点。这个假说，近代的思想家不能够断言它是不合理的，因为这是心灵进化的科学的学理所不能不承认的假说。据这个学理，则每个生者的脑髓是代表着无数的死者所构成的作品——每个性格是无数死者的好经验和坏经验的不十分均衡的总和。除非我们否认心灵的遗传性，我们是不能够直直地否认我们的冲动和感情，及由感情而发展的高尚的能力，是由死者所形成，由死者传给我们的。甚至连我们的心理活动的一般的方针，是由着那传给我们的特殊性向的力量而决定的这一点，我们也不能够否认。从这样的意味说起来，则死者实在是我们的kami，我们一切的行动也实在是受着他们的影响的。打个譬喻，则我们可以说每个心是幽灵的一个世界——是比神道教所认识的几百万的kami还多很多的幽灵的一个世界。又可以说，住在脑髓实质的一小粒中的幽灵之数，是比着中世纪的学者那种无稽地想象着能够住在一个针端的天使的数目还要

关于祖先崇拜的感想

大些。科学地说起来，我们晓得在一个小小的活细胞里面，是可以贮藏着一个民族的全生活的——就是那在几百万年的过去，或许甚至是在（谁晓得不呢？）几百万的灭亡了的世界所感受的感情之总数。

但是聚集在一个针端上面的能力，恶魔大概不会劣于天使吧。在神道教的这种理论上，对于恶人和恶行有怎样地解释呢？本居翁答道："在这世界中无论何时若有着什么过错发生，那是应该归诸那名叫'祸津神'的恶神们的行动的，他们的力量很大，有时候连'太阳神'和'创造神'都没有能力来管束它们的。至于人类，那更没有能力可以抵抗它们的影响了。恶人的荣华，善人的不幸，看起来好像是和普通的正义观念相抵触的，也可以这样地解释出来。"一切的恶行是由于恶神们的影响；而恶人们是要变为恶神的。在这个极简单的信仰中，并没有什么自相矛盾之处[①]——没有什么纷乱或难解的地方。凡做了恶行的人都必然地要变为"祸津神"这事，是不确实的，这个理由后来就会说及。然而一切的人，无论是好的或坏的，都要变为kami，或感化力。一切的恶行，便是恶感化力的结果。

这种教义和传说的若干事实相符合。我们的最善的能

[①] 我不过只是论着神道学者所说明过的纯粹的神道教信仰。但在日本，不但是佛教和神道教互相混淆着而已，连中国的各种思想也是混淆在里头的：这一点我有告诉读者的必要。纯粹的神道教思想，在民间的信仰中，是否还存着原来的形式，那是很可疑的。关于神道教的对于灵魂复合之说——是否本来以为心灵的组织因死而要瓦解的，我们不十分清楚。我自己的意见，在日本各地考察的结果，是复合灵魂从早就被信为死后也是复合不散的。

力，的的确确是从我们的最善的祖先传下来的。我们的恶性质，是从那恶的，或我们现在所称为恶的种种天性，曾占过优势的祖先遗传下来的。因文明之力在我们的心发展着的伦理的知识，要求我们增进那种由我们的死了的祖先的最善的经验传授下来的高尚的能力，和消灭我们所继承的恶劣倾向的势力，我们不得不尊敬和服从我们的善的kami，不得不反抗我们的"祸津神"。这个善恶两种神的存在的知识，和人类的理性同时发达了下来。善神和恶神附在每个人的灵魂中这种教义，或许形式上有些不同，但在伟大的宗教大概是都有着的。我们自己的中世纪的信仰，使这种观念发展到了在我们的语言上留下永久的痕迹的程度。但关于保护的天使和诱惑的恶魔的信仰，照着进化的经过，则是像kami的信仰那样简单过的一种信仰发达下来的。中世纪这种信仰的理论，同样地也含着真理。在右耳嗫嚅着善事的白翼的天使，在左耳呢喃着恶事的黑鬼，实际上虽然不跟在十九世纪的人的身边走，但它们却潜在他的脑髓中；而且他晓得它们的声音和感到它们的怂恿，正和他的中世纪的祖先一样的详细和常常。

  近代的伦理观对于神道教的反对，是在它一样地尊敬善神和恶神这一点。"正像皇帝祷告天地之神一样，人民为着要得到幸福便祈祷善神，而为着要避免他们的不幸便祭祀恶神……因为天地之间有善神，同时也有恶神，所以必须用美食供奉它们，给它们弹琴吹箫，给它们唱歌舞蹈，和给它们

关于祖先崇拜的感想

举行一切可以使它们高兴的事情,来和慰它们。"(本居翁)但事实上,在现代的日本,虽然有这样明了的议论说它们是须得被和慰的,可是给恶的kami供奉礼物和尊号却很少很少了。现在我们可以明白为什么初期的传道士要视这种信仰为恶魔崇拜了——虽然在神道教,西洋所谓的恶魔的观念是不会有的。神道教的弱点,好像在于说恶灵是不可以抗争的这个教义——这样的一个教训根本是和罗马旧教的感情不相谋。但在基督教的恶灵和神道教的恶灵的信仰之间,有着很大的差异。恶的kami不过只是死者的幽灵,而且不被信为完全是恶的——因为有和解的可能。绝对的纯粹的恶之观念,在远东是没有的。绝对的恶的确没有存在于人性之中,所以在人的幽灵里也是没有存在的可能。恶的kami并不是恶魔。他们只是幽灵罢了,能够影响人类的情欲的,而且只在这一个意义上,他们才算是情欲的神。因此,神道教在一切的宗教中算是顶自然的,因之在许多点也算是顶合理的。它不以为情欲本身一定是恶的,而以为是依着沉溺的程度要、原因、状态才成其为恶。因为是幽灵,所以一切的神完全是有人性的——他们有着以种种比例混合着的人类的善性和恶性。神的大多数是善的,所以一切的神的感化的总计,是善比着恶多。要理解这个意见的合理性,必须要有一个相当高尚的人类观——一个在日本的古代社会的情况所认为正当的人类观。没有一个悲观主义者能够成为纯粹的神道教徒。这个教义是乐观的,对于人类有着宽大的信仰的人,便不会非难神道教的教义中没有那不可和解的恶之观念了。

　　神道教就正在于认识有和解恶灵的必要这一点，把它那伦理的合理的特质呈现出来了。古代的经验和近代的知识，联合在一起忠告我们不要犯着"想扑灭或麻痹人性中的几种倾向"这个大错误——这些倾向，若是病态地培植它们，或是一点都不管束它们，便会走到愚蠢、罪恶和不可数的社会的祸害上头来的。动物的情欲，像猴子和老虎一样的冲动，是在人类社会以前就存在着的，而且是那有害于社会的几乎全部的犯罪行为的帮手。但是它们不能够被消灭，同时它们也不能够平平安安地被饿死。若硬要把它们消灭，便同时要破坏和它们混合着的难分离的一些最高尚的情绪。除非丧失那些给予人生优美和温良的，然而在情欲这块古代的沃土中根深蒂固的理智的和情绪的力量，这个原始的冲动，是连麻痹都不能的。我们所有的最高的东西，起源自最低的东西。禁欲主义因为和自然的感情斗争，反而要产生恶魔出来。把神学上的规则，不合理地应用于人性的弱点，只是增加社会的紊乱；而反对快乐的法律，只是挑拨放荡淫欲。道德的历史很明白地教训着，说我们的恶的 kami 是要求一些和解安慰的。在人的身上，情欲依然是比理智势力大，因为它们年纪是无比的——因为它们从前对于自己保存是极必要的——因为它们做s成了自觉的第一层，而高尚的情绪就慢慢地从这第一层生长出来的。绝对不能够让它们来支配一切，然而谁要是否认它们自古以来就有的权利便得受灾！

关于祖先崇拜的感想

三

有若干为西洋文化所不知道的道德的情操，从这些关于死的要、原始的，然而非不合理——如现在所理解的——的信仰中发展出来了。这些情操很有考究的价值，因为它们将证明它们和最进步的伦理的思想相符合——尤其是和那跟着进化论的了解而来的义务感之无穷的然而还未明了的扩大相符合。我不知道我们有什么理由来庆祝我们自己，为着我们的生活上没有这种的情操——我甚至要想，我们或许要觉得修养这种的情操，是道德上所必要的。我们未来的许多惊异之一，的确是回归到那纯由臆断而说它们没有含着什么真理而早就被抛弃了的许多信仰和观念去——回归到那还被一些据着传统的习惯排斥它们的人称为野蛮、异教的、中世纪的信仰去这回事。科学的研究，每年每年在供给我们新的证明，说野蛮人、未开化的人、崇拜偶像的人、和尚，都各自经由着不同的道路，而到达了永远的真理的某一点，是和十九世纪的思想家差不多的。我们现在，也晓得古时的占星学者和炼金术者的理论，不过只是部分的误谬而不是全部的误谬了。我们甚至有理由可以预言：无论什么眼看不见的世界的梦想，无论什么神秘的假说，将来的科学一定能够证明它们都是含有真理的一些萌芽的。

在神道教的道德情操之中占着第一位的,是对于过去的感谢之念——是在我们的情绪生活中没有真正的相当者的一种情操。我们知道我们的过去,比日本人对他们过去的了解要好些——我们有着无数的记录或考察过去的一切事物和状态的书籍。但是我们无论在什么意义上,也不能够说我们是爱过去或感谢过去的。对于过去的许多曲直是非的批判的认识——很少数是由过去的美所激动而生的热情,大多数是对于过去的误谬之斥责;这些,便是表示着我们关于过去的思想和感情的总数了。我们的学者的态度在回顾过去的时候,必然的是冷酷的;对于我们的艺术的态度,往往是意料外的宽大;对于我们的宗教的态度,则大抵是极其刻薄诋毁的。无论从什么见地研究起来,我们的注意主要的总是倾向于死者的事业——或者是那些在看的时候会使我们的心脏比平常鼓动得快一点的看得见的作品,或者是那些关系到他们的时代的社会的他们的思想和行为。若关于那一系统的过去的人类——关于那真正的血族的长埋在地下的无数古人,则我们是完全不去想它的,即使想它,不过也是用着一种对于已经绝灭了的种族一般的好奇心罢了。固然,我们在那些留下大痕迹在历史上的个人的传记中,是会发现着兴味的——我们的情绪,被那些伟大的军人、政治家、发明家、改革者等的纪念所打动,但那不过是因为他们所成就的事业之伟大,挑拨着我们自己的野心、希望和自负心罢了。而百分之九十九,一点都不是因为感动到我们的爱他的情绪的。至于

关于祖先崇拜的感想

关于那些我们受惠最多的无名的古人，则我们一点也不会麻烦着去管他们——我们对于他们感不到什么感激或爱慕。我们甚至很难使自己相信对于祖先的敬爱，无论在什么形式的人类社会中，是能够成为真实的、有力的、彻底的、指导的宗教情绪的——然而这在日本却的确是事实。单单是祖先崇拜的观念，便和我们的思想要、感情、行为完全没有关系了。这一部分的理由，当然是因为我们普遍都不相信在我们和我们的祖先之间，有切实的精神的关系存在着。若我们是不信宗教的，我们便不相信有什么灵魂。若我们是信宗教的，那么我们便以为死者是由神的裁判而离开我们——以为在我们的生存中是绝对地离开我们了。实在的，在罗马天主教中，的确还有这样的一个信仰存在着：就是说死者被许可一年回归地上来一次——在万灵节（All Souls）的那晚。然而就是在这个信仰中，他们（死者）不过也是被想为一种可以记忆的东西而已，而和生者是没有什么关系的；而且他们要被想为——像我们民间的传说集所证明似的——可怕的东西，比被想为可爱的东西更甚些。

在日本，则对于死者的感情便完全不同了。那是一种感激和敬爱的感情。那好像是这个民族的情绪中最深刻和最强有力的情绪的样子——那尤其是会指导国民的生活和形成国民的性格。爱国心属于它。孝道属于它。家庭间之爱根据着它。忠义之心也建设在它的上面。那在战场上为战友们开血路，大声喊着"帝国万岁"而从容地抛弃自己的生命的兵士；那为着不中用的甚至是残酷的父母的缘故，默默地把人生一切的幸福都牺牲着的子女；那与其破坏往年用口头说过的誓约，宁愿放弃朋友、家眷和财产，来救济现在陷在穷困中的党魁的党徒；那为着要偿还丈夫给别人的损害，拘谨地穿着雪白的衣服，念着祈祷，而用锐剑刺入自己的喉咙的妻——这一切，都是服从着看不见的祖先的意志和听从他们的嘉许而做出来的。甚至在新时代的怀疑的学生之间，在许多被破坏了的信仰之中，这个感情也还残存着。那古旧的情绪还在被发表："我们绝不能够使我们的祖先受辱的。""对祖先表示敬意是我们的义务。"在我以前被聘为一名英文教师的时候，因为不晓得这样的文句中的真意义，常常想在作文中把它们修改好。我要这样提示着，例如，"对祖先的纪念表示敬意"要比"对祖先表示敬意"正确些。我还记得有一天，甚至要说明为什么我们不应该说祖先的时候，好像他们是活着的父母般的说法！或许我的学生们将以为我是要干涉他们的信仰的吧，因为日本人绝对不想一个祖先已经变成为"只是一个记忆"的：他们的死者是还活着的。

假使在我们的内心，突然生起了，我们的死者是还和我们在一起的这个确信——监视着我们一切的行动，晓得我们一切的思想，听着我们所说的一切话，能够和我们表示同情或对我们发脾气，能帮助我们和喜欢接受我们的帮助，能够爱我们和很必需我们的爱——那么，我们对人生和义务

关于祖先崇拜的感想

的概念，一定会大大地起变化吧。我们将不得不用很严肃的态度来承认我们对于过去的义务吧。然而在远东的人，则死者常在身边，已经是数千年来确信的事实：他每天要和死者谈话；他尽力要给死者幸福；而，除非是一个常习犯人，他是绝不会完全忘记对于死者应尽的义务的。平田说：永远尽着这个义务的人，对于神和对于活着的父母绝不会是不孝敬的。"像这样的一个人，对于朋友也一定是忠实的，对于他的妻和他的孩子也一定会温柔慈爱。因为这个信仰的要素实在就是孝道。"在日本人的性格中许多不可解的感情之秘密，也须得在这个情绪中求其解释。临死时的那种可惊叹的勇气，在做最苦的牺牲的行为时那种泰然自若的态度，在我们的情操世界当然是不认识的，但比此更为我们的情操世界所不知道的，便是一个小孩子在初次看到的一座神道教的庙宇，要突然地眼睛里涌出泪水来的那种简单而深刻的情绪。在那一瞬间，他是意识着我们在情绪上绝没有认识过的东西的——就是现在对于过去所负的巨债，和对于死者的敬爱之义务。

四

如果我们稍为想着我们是站在负债者的地位，和怎样接受这个地位的方法的时候，在西洋和远东的道德的情绪之间有这样显著的差异，便自然会明白了。

小泉八云

　　世间再没有比着我们最初完全意识着生是不可思议的这个单纯的事实更为可惊的事情了。我们从不可知的黑暗中暂时出现到太阳光底下来，回视周围的光景，快乐着和苦恼着，我们的存在的颤动传移给别的存在，于是再回归到黑暗里去。波浪也是这样，它涌起，触到日光，传递它的运动，于是又沉入海中去。植物也和此同样地从泥土中升起来，在日光和空气中开它的叶，开它的花，结它的种子然后又变成了泥土。不过，波浪没有知识；植物没有知觉。一切人的生命，也全都像是从地中出来再还地中去的一种抛物线的运动。但是在它那短短变化中间，它却知觉着宇宙。这个现象的可惊，就是在没有一个人晓得它一些什么这一点。无论什么人都不晓得说明这个一切事实中的最平凡，然而最不可解的事实——生。然而凡是能思想的人，却不得不为着自己的关系而及时地想着它。

　　我从神秘之中出现——我看到天空和陆地，男人、女人和他们的工作。我晓得我须得回归神秘中去——然而这到底是什么意义，却连哲学家中最伟大的哲学家——斯宾塞——也不能够告诉我。我们都是我们自己的哑谜，同时也是彼此相互间的哑谜；空间、运动和时间也是哑谜；物质也是哑谜。关于以前或以后，新生的小孩儿和死者都没有给我们什么消息。小孩儿是默默不言的，骷髅只是露牙而笑。自然没有什么安慰给我们。有形从它（自然）的无形中生出，又回

关于祖先崇拜的感想

到无形去——这是一切的一切。植物变成泥土，泥土变成植物。当植物变成泥土的时候，为它的生命那个震动，变成了什么呢？是不是它像那在凝结着霜的玻璃板上，做出许多叶状形来的一些什么力量一样，继续在无形中存在着的吗？

在无穷的谜的地平线圈内，和世界一样古旧的无数比较细小的谜，在等着人的来临。俄狄浦斯（Oedipus）须得遇着一个司芬克斯①。但人类要遭遇到的司芬克斯恐怕是有几千几万之多的吧——他们在那沿着"时"的长途排着的枯骨之间蹲着，而且个个持着一个更深、更难解的谜。一切的司芬克斯之谜没有全都被猜破；还有几亿万的司芬克斯横列在未来的路上，要吞杀那没有生下来的许多生命；然而有数百万的谜却是被识破了。我们现在所以能够没有永远的恐怖而生存着的，便是因为有了这样相当的知识引导我们的缘故——这些知识是从毁灭的牙床获得而来的。

我们的知识全都是承继下来的知识。死者将他们所能够学到的种种知识的记录遗留给我们了——关于他们自己和周围的世界的——关于死和生的法则的——关于应该要求和应该躲避的事物的——关于比自然所要求的少些苦痛的维持生存之方法的——关于正和邪、悲愁和幸福的——关于自私的错误、慈善的贤惠、牺牲的义务的。他们又遗留给我们以许多他们所能够发现的知识，关于气候、季节和风土的——关

---

① Sphinx，人面狮身的怪物，站在十字路头给予通行人谜猜，不解的便被它吃掉。后来碰着了俄狄浦斯，谜被解了，它便自杀。

于日月星辰的——关于宇宙的运行和构成的。他们又把他们的谬见遗传给我们，使我们免掉再陷入更大的谬见。他们又把他们的过失和努力，他们的成功和失败，他们的苦痛和欢喜，他们的爱和憎等的历史遗留给我们，做我们的警告或做我们的模范。他们希期着我们的同情，因为他们以最大的好意和希望为我们辛劳了，又因为他们建设了我们的世界的缘故。他们开辟了土地，他们扫灭了怪物，他们驯养和教练了对于我们最有用的动物。"库列尔奥（Kullervo）的母亲在她的墓中醒起来，从深深的土中对他喊道：'我留下那条狗给你了，那是绑在树边的，你可以带它去打猎。'"[1]他们同样地也栽培了有用的树木花草，他们发现了金属的所在地和效用。后来他们便创造了我们所谓的一切文化——信任我们来订正他们不得已所做下来的错误。他们的劳力的总计是无算的。他们给予我们的一切事物，单单就他们因此所费的无限的劳苦和思虑说起来，便已经确是非常的神圣和非常的可贵了。然而有哪个西洋人曾梦想到要像神道教的信仰者一样地，每天每天来念着这样的感谢词吗？"历代的祖先，我们的家族的祖先，和我们的血族的祖先哟，对你们——我们的家庭的创始者，我们表示着我们无限感谢的欢喜。"

没有一个。这不仅是因为我们以为死者不会听见的缘故，而且也因为了我们历代以来，除了在很狭小的范围内——家庭

---

[1] 芬兰的民谣集 *Kalevala* 第三十六章。

关于祖先崇拜的感想

的范围内之外，便没有训练着同情的心的表现力量的缘故。西洋的家庭范围和东洋的家庭范围比较起来，实在是个很狭小的东西。在这个十九世纪，西洋的家庭是差不多瓦解了的——它实际上只是丈夫、妻和未达成年的小孩儿之谓罢了。东洋的家庭则不但是意味着双亲和他们的血族而已，而且是意味着祖父母和他们的血族，及曾祖父母，以至在他们先前的一切祖先的。这个家庭的观念养成同情的表现力到一个程度，使那属于这个表现力的情感的范围，好像在日本那样，扩张到现存的许多家庭的大团体小团体，甚至在国家危急之秋，也会扩张到全国民，当全国民好如一大家庭看待的：这是一种比我们所称为爱国心深刻很多的感情。以这种感情来做宗教的情绪，则它会无穷地扩张到一切的过去。爱、忠义和感谢的混合的意识，虽必然地是比较的模糊，但比着对于现存的血族的感情，是并不少着什么真实性的。

在西洋，自从古代社会破毁了以后，便没有这样的感情能够残留着。判定古代人下地狱，和禁止赞美他们的事业的这种信仰——训练我们万事都感谢希伯来的神的教义——创造了思想的习惯和不思想的习惯，而这两者都是反抗任何感谢过去的感情的。以后，神学的衰亡和科学知识的黎明，同时便带来了一个教训，说死者不是自由选择来做了他们的事业的——他们是顺从了必然，而我们只是必然地从他们承受了必然的结果罢了。而在今日，我们还不肯承认必然本身，就使我们不得不对那些顺从了必然的人们表同情这事，也不肯承认必然所遗传下来的结果是可贵而同样也可感动人心的这事。连对着那些为我们服役着的活的人们的事业，我们也不会生起这样的思想来。我们只想及我们所购买的或所得到的物品的价值——但关于生产者的劳力的价值我们便不让我们去想及：实在的，关于这样的事若是说些什么表白良心的话，我们便要被窃笑的吧。我们对于过去的事业的可感动的意义，和对于现在的事业的可感动的意义，同样是无感觉的。这种无感觉很可以说明着我们的文化之浪费——那在一小时的快乐里，轻率地浪费好几年间的劳力之奢华——那为着要满足完全不必要的欲望，而每年浪费整百个生命的价值的几千没有心肠的富豪之不人道，都可以用这种无感觉来说明。文明的食人鬼无意识地比着野蛮的食人鬼还要残酷些，而且要求更多的肉。那种较深的人道——广泛的人类爱——根本就是无用的奢侈之仇敌，而且根本就反对着那对于肉感的满足和利己主义的快乐不加限制的任何社会制度的。

在远东，反之，则生活淳朴这个道德的义务，从很古的时代便教训下来了，因为祖先崇拜已经发展了和培植了这种为我们所缺乏的广泛的人类爱。然而这个广泛的人类爱，我们单单为着要把我们从灭亡里救出来，在后日也必定不得不要求它的吧。家康的两次谈话，正可以例证着东洋的这种情操。当这个最大的日本将军兼政治家，在事实上已经是主宰着帝国的时候，有一天在亲手拂刷和熨平一条古旧的丝裤子。他对一个侍臣说："你们看我这样做觉得奇怪吧。但我

关于祖先崇拜的感想

之所以这样做并不是因为我想着这丝裤子本身的价值，而是因为我想到做这裤子的劳力的。这是一位可怜的妇人的劳力的结果，所以我看重它。如果用东西，不想及生产它们所要的时间和努力——那么我们的缺乏思虑，便使我们和禽兽无差异了。"还有要，在他最富足的时代，据说他因为他的妻太常常喜欢替他做新衣服，便责骂她说："当我想及我周围的民众，及想及后代的子孙时，我便觉得我的义务，是应该为着他们很节用我的所有物的。"这种淳朴的精神到现在还没有离开日本。甚至皇帝和皇后，在他们的宫廷里，也是在继续过着和他们的臣民一样朴素的生活，而把他们的岁入的大部分供给公共灾害的救济的。

五

由进化论的教训，像远东所产生的祖先崇拜般的，对于过去的义务的道德的认识，终于也会在西洋发展起来的吧。因为就是在今日，如果是一位晓得这个新哲学的初步原理的人，他在看一种最普通的手工品，也不能不理解它的一些进化历史的。最普通的器具，在他看起来，也不只是木匠或陶工、铁匠或刀工个人能力的生产品，而是数千年来用种种的方法、物质和形式继续经验所造出来的东西。在他，想到任何应用器具，在它的进化上所必要的莫大的时间和劳力，而且不体验着感谢之念，那是不可能的事。将来的人，一定会把过去的物质的遗产和死了的祖先关联在一起想的。

然而在广泛的人类爱的发展中，有一件比着我们对于过去所负的物的债之承认更有力的要素，那便是我们的心灵的负债的承认。因为我们的非物质的世界，也同样地是从死者继承了下来的——如活在我们内心的世界——如美的冲动、情绪、思想、这一切的世界。无论什么人，他若是能够科学地了解着美是什么东西，他便是在最平凡的生活里，在最平凡的状态中，也能够发现着神圣的美，而且能够在某一个意义上感着我们的死者是真正的神了。

在我们以为妇人的灵魂是独一的，以为它是特地被创造出来适合一个特殊的肉体之间，母性爱的美和奇妙将永远不会被我们十分地理解到。但用着较深的知识，我们便一定会了解着那从几亿万的死了的母亲承继下来的爱，是被聚集在一个生命的上面的——也会了解着只有这样，那婴孩所听到的母亲的话之无限甜蜜，那和婴孩的眼睛相遇着的母亲的眼睛之无限温柔，才能够得到解释的。不懂得这些的人真是不幸，然而又有哪个人能够充分地说明这些呢！母性爱实在是神圣；经人类的承认而被称为神圣的一切东西，总括在这个母性爱之中；而吐露和传递这爱的最高表现的一切妇人，是超越人类的母亲的：她是神的母亲。

在这儿，关于性爱的初恋的神秘，是没有说的必要，那是幻觉——因为死者的热情和美在它里头复活，而眩人，诱人，迷人。那真是非常的、非常的奇妙，但那并不全都是善的，因为那不全都是真的。妇人真正的美是在后来才出现的——在一切的幻影都消失，那在这些幻影的幕后发展着的，比任何幻影都美的实体出现时。像这样地被觉察着的妇人的神圣的魔力到底是什么呢？不过是那几百万被埋葬的心的爱情、温柔、信实、不自私和直觉罢了。一切都复活起来——一切都重新鼓动起来，在她本身的心脏的每个新鲜而温和的鼓动里。

在最高的社会的生活中显示出来的一些可惊叹的才能，又在另一方面说明着由死者所建设出来的灵魂的构造之历史。可奇异的是那真的能够"对于一切人成为一切物"的男人，或是一个女人能够使她自己成为二十、五十或一百个不同的女人——她了解一切的人，洞察一切的人，无误地判断一切的人——好像没有个性的自己，而只有无数的自己——能够临机应变，用恰恰和对手同调的心来应接所遇到的种种不同的人。这样的性格当然是很稀罕的，但在任何有教养的社会里，一个旅行者若有机会去考察一下，像这样的人，一两个是并不难遇到的。他本质就是复合体的生物——他们的复合是显著得连要使那些想"自我"是单体的人们，都不得不说他们是"非常的复合"的。然而在同一个人的身上而表现出四五十个的性格这回事是很显著的现象（尤其是因为普通都在一身的经验积而成为原因以前的青年表现出来的，所以更觉得显著），而竟然很少有人能够明白地认识它的意义，实在使我只有惊奇而已。

在一些天才的形式中那被称为"直觉"的，也是同样——尤其是在那些和情绪的表现力有关系的直觉。像莎士比亚一样的天才，用古来的灵魂说，是将永远解释不出来的。丹纳（Hippolyte Taine）想用"完全的想象力"这句话来说明他——这句话是很深入真理的。但是完全的想象力到底是什么意思呢？就是无穷多的精神生活——无数的过去的生活在一个人之中复活着之意。除此没有别的道理能够说明它……然而，这现象最醒人目的并不是在纯智的世界中，而是在那诉诸爱、尊敬、同情和义侠的这些淳朴的情绪的世界中的。

或许有些批评家要这样评道："但照这样的理论说起来，使为义侠的冲动之源泉，同样地也是使他们犯罪的冲动之源泉了。两者都是属于死者的。"这话不错。我们继承着善，同样也继承着恶。只因为是复合体——还在进化着、发展着——所以我们继承着不完全的东西。但是冲动的最适者生存，是的确被人类的通常的道德状态所证明着——这儿所用的"最适者"这个语言是伦理的意义。不管一切的不幸恶德和犯罪，在我们所谓的基督教文化之下比任何地方都可怕地在发展着，但这样的事实在那些多生活经验、多旅行、多思想的人一定是很明了的：就是人类的大多数是善的，因此，从过去的人类遗传给我们的冲动的大多数也是善的这个事实。社会状态越平稳，人性便越善良这事实也是的确的。从过去直到现在，善的kami始终

关于祖先崇拜的感想

在排斥恶的kami，不让它们来支配世界。若承认了这个真理，我们的将来的正邪的观念一定会非常地扩张起来。义侠，或任何的为着高尚的目的而做的纯善的行为，将来必然地要得到向来所想象不到的尊敬，而同时将来人们对于真罪恶的认识也将变化起来，他们比着那对于现存的个人或社会的犯罪，将认为那对于人类经验的总和及过去伦理的向上的一切努力的犯罪为重大些。所以真的善将越加被尊重，真的恶也将越加被严酷地制裁。而早期神道教的教训，说伦理的法则是不必要的——人类行为的正当的法则可以常由着问良心而知道的这个教训，将无疑地比着现在的人类，是要被将来更完全的人类所承认的。

六

读者或许要这样说："进化论由它的遗传说，实在明示着生者在某种意义上是被死者所支配着的。但它同样地也明示着死者是在我们的内部，而不是在我们的外部的。它们是我们的一部分——这儿没有什么证据可以说明它们不是我们自己而另外存在着。因此，感谢过去将成为感谢我们自己；对于过去的爱将成为自爱。所以你的类推论毕竟是不合理的。"

不。原始的形式的祖先崇拜，或许只是真理的一种象征。它或许只是新道德的义务的一种指示或前兆，这新道德的义务是较大的知识必然要迫我们采纳的：对于人类的伦理的经验的牺牲的过去的尊敬和服从的义务。但是它或许还不止此。遗传的事实只能够说明心理的事实的一半。一株草木产生十、二十，或一百株的草木，而且在它的进行中不至于丧失自己的生命。一只动物生产许多的幼儿，而还能够保持着一切肉体的能力和一点都不丧失思想力地继续生存下去。小孩子被产生了，而双亲还是生存着。心的生活确和肉的生活一样地是遗传下来的。但是无论在植物或在动物，一切细胞中的最不特殊化的生殖细胞，绝不会夺掉父母的生命，而只是复演着它（父母的生命）罢了。不绝地在繁殖着的各个细胞，搬运和传递着一种族的全经验，但把那种族的全经验却依然遗留在背后。这儿有个不可说明的奇迹：肉的及心的自我繁殖——从双亲放射出来一个又一个的生命，而各个生命都成为完全而且繁殖的这个事实。如果双亲一切的生命是给予子孙的，那么遗传便可以说是帮衬着唯物论的了。可是，正像印度传说中的神佛一样，"自我"繁殖了，而且依然保持着旧态，有着十分的能力以继续繁殖。神道教有着灵魂由分裂而繁殖之说，但心灵射出的事实，比着任何学说要无限地可惊奇些。

大宗教已经认识着遗传不能够说明"自己"的全部问题——不能够说明本源残留的"自我"的运命。因此，他们一般便一致地相信着内在的生命和外在的生命是没有关系的。科学不能决定"实体"的性质，同样也不能满足地决定宗教所提出的疑问。我们将空空地疑问而不能得到答复的是：构成着死了的植物的命脉的诸种精力会变成怎样呢？

关于祖先崇拜的感想

更难的疑问是：构成着死了的人的心的生活的感情变成怎样呢？因为没有一个人能够说明那最简单的感情。我们只晓得在生命之间，无论是在植物的体内或在人的体内的诸种力，是在不绝地和外界的力调节着的；只晓得等到内部的力已经不能够再适应着外部的力之压迫了以后，那么，那贮藏着内部的力的身体，便要瓦解而变为那组成它（身体）的诸要素了。我们一点都不知道这些要素的终极的性质，正和我们一点都不知道结合它们（诸要素）的诸倾向的终极的性质一样。但我们相信生命的终极的诸要素，在它们所造成的形体瓦解后还是存在着的，比我们相信它们死要正当些。自然发生（spontaneous generation）的理论①，是进化论者所不能不承认的一个理论，而且这理论也不能够使一个知解那说物质本身也在进化中的化学的证明之人吃惊。真的自然发生说（不是有机体生命从浸在瓶中的花草发生出来之说，而是在行星的表面发生的原始的生命之说）有着非常的，不，有着无限的精神的意义。这要求着生命、思想、情绪这一切的潜在性，是从星云转到宇宙，从系统转到系统，从恒星转到行星或卫星，而又回转到原子的旋涡中来的信仰。这是表示着那些倾向性是在太阳的火焰中也存在着，在一切的宇宙的进展中和瓦解中也存在着之意。元素不过是进化的产物罢了，而一个宇宙和别的宇宙之不同，当然是倾向性的所为——而这些倾向性不外就是巨大和

---

① 这个命名是错误的，因为只在一个局限的意义上，"自然"这词才能够适用于尘世的生命的起源说。

193

复杂得难以想象的一种遗传。这儿是没有偶然的，只有法则。各个新的进化必须受着前代的进化之影响——正如各个人的生命受着代代的祖先的生之经验的影响一样。那么，旧形式的物质的倾向，非当然要遗传给将来的新形式的物质的吗？现在的人们的行为和思想，不当然是要帮助着将来世界的特质之形成吗？炼丹术家的梦已经不能够说是痴人之梦了。同样地我们也已经不能够主张一切的物质的现象，非像古代东洋的思想一样，不是由灵魂的倾向所决定的了。

我们的祖先是否住在我们的外部，和住在我们的内部一样——这是一个比较的还是盲目的我们的未开化的状态中所不能解决的问题——宇宙间种种事实的证明，和神道教的幽玄的信仰一致着是的确的：一切的东西都由死者所决定的这个信仰——由人类的幽灵或是由世界的幽灵。正如我们自身的生命，被那现在眼看不见的过去的生命所支配着一样，无疑地，我们的地球的生命及地球所属的太阳系的生命，也是被无数的天体的幽灵所支配着的：因为灭亡了的许多宇宙——死了的许多太阳和游星和卫星——在形式上虽然已经长久消灭在黑暗里了，可是从力的上面说起来却是不死不朽，永久在活动着的。

实在的，我们能够像神道教的信徒一样，回到太阳去，来追溯我们的家系，可是我们还要晓得那里也不是我们的发端。如果可以说实在有一个发端，那么我们的那个发端，从时间上说起来，将比着百万个太阳的生命还要无穷地遥远的。

进化论的教训是说，我们和那未知的"终极"是同一物

关于祖先崇拜的感想

的，物质和人的心不过也是这个"终极"的永远在变化的现象罢了。进化论的教训也是说，我们的各个是多数的，然而我们的一切依然和别的各个及宇宙是同一物——我们应该晓得一切过去的人类，不但都在我们自己的内部，而且也在一切同胞的生命的高贵和优美之中——我们能够在别人的里面好好地爱着我们自己——我们能够在别人的里面好好地服务着我们自己——种种的形象不过是游丝和幻影——而不管是生者或死者，一切人类的情绪，实在是只属于那无形的无穷无极罢了。

君　子

愿所欢忘我的心情，
比永念着所欢之心深。
——君子

一

这是写在艺伎街的一家的入口的灯笼上的名字。

在夜间看，这条街是世界上最珍奇的一条街。它像一条上船的木板道路般的狭隘。那紧紧关着的屋前的黑而光滑的木工——各家门前都装着毛玻璃似的小纸户——使人想起头等客舱来。实在无论哪家都是有着几层楼的，但你马上不能够认出它——尤其是在没有月亮的时候更看不出了——因为只有最下一层点着灯火，在那天幔上光亮着，从此以上便全部是黑暗。灯光是从那狭隘纸户后面的灯、和外面吊着的纸灯笼射出来的——这种纸灯笼每家门口各有一只。夹在这两行的灯笼之间的街道，一望——那两行到遥远处便合而成为一条黄色金光的不动的长带似的。这些灯笼有的是鸡蛋形，有的是圆筒形，有的是四角形，又有的是六角形。而每个上面都写着很漂亮的日本文字。这街道是很静寂的——像一个关闭后的大展览会中的家具陈列室那么静寂。这是因为居住者大都出去了的缘故——去奉陪宴会和其他的酒席。她们的生活是夜的生活。

向南走去，在左边第一只灯笼上写着题语，是"Kinoya: uchi O-Kata"，这个意思是说"O-Kata住着的金屋"。右边的灯笼写着"西村之家"，和一个名为Miyotsuru的姑娘——这个名是说堂皇地生活着的鹤之意。左边的次一家是"梶田之家"——在这一家里面是住着Kohana（小花之意）和Hinako（雏儿之意），她的样貌像一个洋娃娃那么漂亮。对面是"长江之家"，里面住着君香和君子……像这样两行的光亮的名字的行列，差不多有半英里之长。

最后这一家的灯笼上的文字，是在表示着君香和君子的姊妹关系和一些别的事实。因为君子被尊号为"二代目"，这是一个不能够翻译出的尊号，意思是说君子第二号的。君香是师匠和女主人：她教养着两个艺伎，两个都名为——被她命名为——君子。同一个名而用两次这回事，是证明着第一的君子——一代目——是很出名的。一个不幸或不成功的艺伎所用的艺名，绝对不会传给后继者用。

如果你有正当和充分的理由走入这个家——推开那挂着门铃的一推便叮叮地响着报告来客的纸门——你便会看到君香的吧——假使她这一小班的艺伎在邢晚上没有被召出去的话。你将发现她是个很有理智的、值得谈话的女人。在她高兴的时候，她能够说最有趣的话——真肉真血的话——人性的真实的话给你听。因为这条艺伎街有很多的传说——悲剧的、喜剧的、传奇剧的，每家都有着它的故事，而君香则一切都知道。有些故事是非常的非常的可怕；有些是可以使你发笑的；有些则可以使你深思。第一代的君子的故事，是属于最后这一类的。她的故事并不算是最稀奇，却是一个使西洋人理解最不困难的故事。

二

"一代目"的君子已经不在了：她现在不过是个纪念物罢了。当君香称君子是个职业上的姊妹的时候，君香本身年纪还很轻。

"是一个色艺非凡的姑娘。"这是君香常常称赞君子的话。一个艺伎要赢得职业上的名誉，须得是美丽或是聪明的。而一个著名的，大概总是两者兼备——因为是从幼年就被那教练师看中特为选起来的缘故。就是那最普通的歌妓，在她们正当青春的时候，也必定有些迷人的地方的——即使只是那种产出"十八青春时，恶鬼也美丽"的日本谚语的"恶魔之美"。但君子是超过美丽以上很多的。她正适合着日本人的美的理想，而那标准是十万人中一人都不容易达到的。同时她又不只是聪明：她百艺精通。她作出很优雅的诗歌；能够巧妙地栽培花草，巧妙地泡茶应接客人，刺绣、丝织细工都来得；总一句说她是一个淑女。她最初出台的时候，在京都的花柳界惹起了一个摇动。她能够随心所欲地征服一切，和幸运在她的面前这回事，是极明了的。

但她是完全地被教养得很适于她的职业这回事，不久也明了了。她被教训得知道在任何情景之下怎样善处己身。因为她所不晓得的事，君香全都晓得，美的威力和情的弱点；约束的伎俩和冷淡的价值，人心一切的傻气与邪恶。所以君子很少做错事和流眼泪。渐渐地，她便成为君香所希望那样的一个艺伎了——有点危险。灯之于夜飞鸟也一样，不然的话，恐怕有些鸟便会扑来把灯消灭了。灯的义务在于使愉快的东西呈现出来，它没有恶意。君子也没有恶意，而且也不太过危险。担心的双亲发现了她不欲归入良家的门户，也不让自己投入狂恋的情网里。但她对于那些用自己的血来签字誓书，或要舞女割断左手的小指端来做不变心的盟誓的青年们，并不特别地慈悲。她对于这些男子十分能够恶作剧地治疗他们的傻气。有些富豪在独占她的身和心的条件之下，愿意给她土地和住宅，但得到她更少的慈悲。有一个富翁用着可以使君香成为一个富豪的女人的代价，证明着他慷慨的胸怀，愿无条件地赎出她的身来，君子很是感激——但她依然愿做她的艺伎。她十分巧妙地设法摈拒人家，而不至于惹人家的怨恨，她又晓得怎样来治疗那些失望的人。但不待说也有例外的。有一位老人，他想除非把整个的君子都独占了，就是生着也没有价值的，便在一个晚上召她来陪宴会，而要求她陪他一同喝酒。但是善观脸色的君香，暗暗地用茶水

君　子

（那颜色和酒的颜色完全同样）把君子的酒掉换，于是便直觉地救了君子的宝贵的生命了——因为只过了十分钟之后，那愚蠢的主人翁的灵魂便独自走上他的冥途去了，而无疑的是非常失望……从有了这一晚的事情以后，君香对君子的监护便像一只野猫监护它的小猫儿一样了。

　　这只小猫儿变成热狂的流行妓——成为当时的名物和话题之一了。有一位外国太子，也晓得她的名字，送给了她一只金刚钻，但她绝没有戴它。她还从那些有能力送奢侈品来买她欢心的人们那儿，接受了许许多多的礼物。能够得到她的青睐，即使只是一天，是当时的"贵公子"们的野心。然而不管是这样，她却不使任何男子想他自己是一个特别的受宠者，而且拒绝做一切山盟海誓的定情之约。关于这种态度若有人提出抗议，她便以自己晓得自己的身份这句话答复他们。甚至良家的好女子，也不会说她的坏话——因为她的名字未尝在任何的家庭悲剧中出现过。她真的固守着自己的地位了。岁月越使她可爱起来的样子。别的艺伎也会渐渐地出名起来，但没有一个能够和她并肩而论。有一个制造业者得到使用她的照片做贴签的专利权，而这个贴签便使那家公司发大财了。

　　但有一天一个惊心动魄的消息传布起来了，就是说君子的心也终于软化起来了这回事。她实在对君香告了别，而和一位能够供给她一切所欲的美服的人相携着去了——和一位热望给予她社会的地位，及热望遏止她过去不名誉的风评的人——和一位愿意为她死十回，而且为着恋上了她已经是半死了的人。君香说那个傻子为着君子曾经要自杀过，因此君子同情了他，安慰他使回复原有的傻气了。太阁秀吉曾说过：世界上他所怕的只有两样东西——就是傻子和暗夜。君香始终就怕着傻子，而一个傻子竟然把君子带走了。她又带着并非无有私心的眼泪说道，君子是绝对不会再回来给她了，因为那是几生互相恋爱着的一个因果。

然而，君香的话只有一半是对的。她很聪慧，实在的。但她不能够窥知君子的灵魂中的一种秘密的私室。如果她能够窥见，那她一定是要错愕惊呼起来了。

三

在君子和别的艺伎之间，有一种不同的高贵的血统存在着。在她未取艺名之前，她的名是"Ai"，这个名用汉字写起来是"爱"的意思。又用别的同音的汉字写出来则成为"哀"的意义。"Ai"的故事便是"爱"和"哀"的故事。

她被很好地养大了。当她是个小孩儿时，她被送到一家老武士的私塾里去——那儿许多女孩蹲在一只高十二英寸的小写字桌前的坐褥，那儿的教师们是都不收束金地教授着的。在教师取着比一般的官吏更好的薪俸的现时，教授反而不像从前那样忠实、认真和愉快了。一个仆人始终要陪着这

君 子

女孩上学下学，替她提着书本、砚箱、坐褥和小桌子。

后来她进了一所公立小学校。那正是最初的近代的教科书发行的时候——其中包含着关于名誉、义务、英雄等的英国、德国和法国故事的日本译文，选择得很好，而且插着这个世界上所无的洋装的西洋人的画图。这些可爱可怜的小教科书在现今已成为珍物，因为很久以前它们便被废除，而用那无趣很多不明达很多的虚饰的教科书代替着了。"Ai"学得很好，一年一次，在考试的时候，一位大官定要到学校里来，而和这些小孩儿说话，俨然她们都是他自己的孩子一样。而且当他在分配奖品的时候要抚扪着她们的柔丝般的头发。这个大官现在是一个退职的政治家，无疑的是已经把"Ai"忘掉了——而在现在的学校里，已经没有什么人要来爱抚小女孩，或给她们奖品了。

以后发生了废藩置县的改革，本居在高贵阶级的家族，一变而为无位无禄的穷人了。因此，"Ai"也就不得不离开学校生活了。种种的大悲剧接踵而来，而她身边只有一位母亲和幼妹。母亲和"Ai"除了纺织事以外差不多什么都不会做，而单单靠着纺织她们是不能够充分地维持生活的。于是最初是房屋和土地，以后便是物品，那些在生存上没有必要的物品——家宝、装饰品、贵重的衣服、有饰章的漆器等——很便宜地卖给那些靠着人家的不幸致富，和那些赚被称为"眼泪的钱"的人们了。要从活着的人们得到帮助是很困难的——因为同族的武士家的大部分都同样地是在穷困中。但当再没有什么东西好卖了的时候——连"Ai"在小学校的教科书都没有例外——便从死人的身上求助起来了。

因为她们想起"Ai"的父亲埋葬的时候，是带着大名赐予的剑的，而那剑的一切镶嵌都是用着黄金的。于是墓便被开了起来，那巧制的灿烂的刀柄被换上一个平常的，刀鞘的装潢也被取掉。但那个上等的刀身却没有被拿掉，因为武士或许有时要用它。"Ai"看到她父亲端坐在一个红泥烧的大瓮中的颜脸了，这种大瓮，依古式的埋葬是代用为高级武士的棺的。他的容貌在埋葬了许多岁月之后，还是可以认识出来。而他当那剑身返还给他的时候，好像在阴沉地点头许可的样子。

最后，"Ai"的母亲衰病得不能在织机旁边工作了，而死者的金又用完了。"Ai"说："母亲，我知道现在只有一条路好走了。让我卖掉当舞伎去吧。"母亲哭了，答复不出话来。"Ai"没有哭，但独自出去了。

她记起从前她父亲在家里开宴会的时候，有许多舞伎在侍候，里头有一个艺会身子是自己的，名叫君香的，常常要来爱抚她，于是她便一直跑到君香的家里去了。"我要你买了我，""Ai"说，"我要许多钱用。"君香笑着，抚慰她，给她食物，听她的故事——"Ai"一点眼泪也不流，爽直决断地说了。"好孩子，"君香说，"我不能够给你很多的钱，因为我积蓄很少。但是我能够这样做——我可以答应做你母亲的后援。这样要比买了你给你的母亲一注大财好些吧——因为你的母亲，好孩子，本是一位贵夫人，所以她不懂得怎样好好地用钱。请你的母亲签这个契约——这是约定你愿意和我在一起到二十四岁为止的，不然就到你能够偿还我的钱的时候为止。那么现在我所能够拿出来的钱，我便当为赠送礼似的，给你带回家去。"

"Ai"便这样地成为一个艺伎了。而君香给她继承着君子的名字，守着维持她的母亲和幼妹的誓约。母亲在君子出名以前死掉，妹妹后被送到学校里去读书。以后的事情便是先前已经说过了那样。

那个要为着一个舞伎之爱而死的青年，是值得去做比此更好的事情的一个人。他是一个独生子，而且他的双亲是很有钱而且有爵位的，愿意为着他提供任何的牺牲——纵使是收一位艺伎来做媳妇也愿意。并且他们也并不完全嫌恶君子，因为知道君子给了他们儿子的同情。

在走去之前，君子去参加了她的妹妹梅子的结婚式了。她妹妹是刚刚学校毕了业的，性情很好而且很标致。这个婚姻是君子撮合的，她应用了平常对于男子的知识而做了这一回事。她选择一个很朴素、老实和古板的商人——一个即使是要做坏也做不来的男人。梅子相信着她姐姐的选择的聪明，果然，后来证明了这配合是幸福的。

四

君子被带到那早为着她准备着的家旦去的,是四月里的事情——那个家,是可以忘却人生一切不愉快的现实的一个所在——是睡在高墙绕着庭树成荫的幽雅静寂中的一座仙宫。在这里头,她因平常的好品行,可以感到在蓬莱境内新生了的快乐吧。但是春天过去,夏天来临——而君子依然只是个君子。她三次巧妙地,理由不说明,把结婚期迁延过去了。

在八月里,君子停止了玩笑的态度,把她的理由很温和很严肃地说出来了:"这是我应该说出那久久迁延不说的话来的时候了。为着生我的母亲,和为着小妹妹的缘故,我在地狱里过着生活了。这一切都已成为过去,但是火烧的焦痕在我的胸上,这儿没有什么能力可以把它除掉。像我这样的人,是不配走进一个名家的门第的——也不配替你生孩子——不配替你成家立业……让我说下去吧,在知解恶事这一点,我比你是聪明得很多很多……我绝对不愿意做你的妻来毁你的名誉。我只是你一时的同伴,你一时的游侣,你一时的客人罢了——而这并不是为着要你的什么礼物。或许将来我不能够再和你在一起的时候——不!这样的日子一定会来到的!你的眼睛便会醒过来。或许将来我在你还是可怀念的，但不是像现在这样——现在这样是一种傻迷。我从心说出的这些话请你记住。有些真正可爱的女子将被选为你的妻，做你的孩儿的母亲。我一定会看到她们。但妻的身份我绝对不会当，做母亲的欢喜我也绝对不会晓得。我不过只是你的昏迷哟，亲爱的人——只是你的一个幻影，一个梦，只是在你的人生路上飘过的一片暗影罢了。或许我后来会变成一个稍好的人，但做你的妻是绝不会的——无论在此生或在来世都不会。若你再要求我——那么我便走。"

在十月里，并没有什么可以推想出来的理由地，君子便失走了——湮没了——完全不存在了。

五

没有一个人晓她在何时，怎样地，走到什么地方去了。甚至连她的住家的左右邻近，也没有谁看到她走过。最初大家总觉得她马上会回来的样子。一切美丽和贵重的东西——她的衣服、她的装饰品、她的受赠品，只这些便是一注大财，而她一点儿也没有带走。但过了几星期，一点消息也没有，于是大家便恐慌起来，以为她或许是碰着什么灾难了。各处的江河被搜，井户被寻。电报和书信飞到各地探问去。靠得住的仆人们被送到各处去找她。赏格出着，希望得到什么信息——尤其是特别的对君香提出一个赏格，她真的爱着君子，即使没有一点什么赏格，她也是愿意找到她的。

然而神秘依然是一个神秘。请求官厅是不中用的，因为逃亡者并没有做着什么错事，也没有犯法。而那庞大的帝国警察机关，并不能够为着一个小孩儿的恋爱狂而被运用。数月过了，数年过了。但无论是君香，无论是在京都的小妹妹，或是那些曾经认识或赞美过这个美丽的歌伎的几千人中的任何人，都没有再看见君子的。

但是她从前预言过的事情却实现了——因为时间终于使一切的眼泪干枯，使一切的狂热镇静，而且即使是在日本，也没有一个人会为着同样的一个失望而要自杀两次的。君子的爱人终于变聪明些了，一个很温柔的女子被找来做他的妻，替他生了一个男孩儿。数年又过了。从前君子曾经住过的那座仙宫里，现在是充满着幸福的空气。

有一天早晨，好像是求施舍的，一位游行四方的尼姑来到这个家了。小孩子听到她念佛的"哈——咿！哈——咿"的声音，便走到门口来。不久一个女仆拿着照例施舍的白米出来。看着那尼姑在爱抚小孩儿，并且对小孩儿在喃喃地念些什么，觉得很奇异。后来那小孩儿对女仆喊道："让我给她！"于是尼姑从她那大顶的稻草帽的遮阴下面申诉道："请许可那小孩儿拿给我吧。"因此那小孩儿便把白米放在尼姑的托钵中了。她接受了，然后对那小孩儿道谢，又问道："你肯再替我传一句话给你的父亲吗？"小孩子半吞半吐地答应了。"爸爸，一个在此生你永远再看不到的人，说她的心很快乐，因为她看到了你的孩子。"

那尼姑温和地微笑着，再爱抚他一次，然后急速地走去了。女仆看到这样的情形，更加觉得稀奇，在此时那小孩儿便奔走进去告诉他父亲那个尼姑的话了。

但是父亲当听到这话的时候，眼睛便含泪蒙眬了起来，于是他抱着小孩儿哭了。因为他，而且只有他，才晓得那站在门口的尼姑是什么人——并且了悟着那秘密着的一切牺牲的意义。

现在他沉入深思里面去，但他不对着任何人说出他的思想来。

他知道在他和爱他的那个女人之间的空间，是比着恒星和恒星之间的空间更大而且无穷的。

他知道要询问她到底是在好遥远的城市里，在好奇异的无名的小街陋巷里，在好粗陋的只为最贫困的贫民所知道的小庵里，于无穷的光辉照临之前在黑暗中等待的，是一回徒劳的事——当她接到那无穷的光辉之时，佛陀的慈颜将对她微笑——佛陀的声音将对她说，用一种比着人世间的恋人唇上所说出来的更加温柔和深刻的声调："哦，入我法门的女子哟，你实行着完全的修行了，你信仰和了悟最高的真理了——所以我现在来看你和欢迎你！"

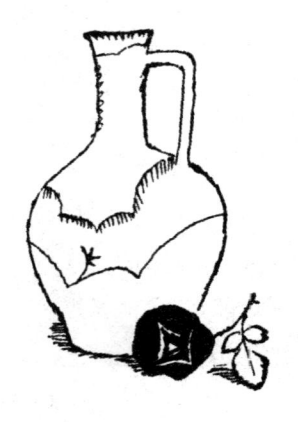

三个俗谣

一八九四年十月十七日在日本亚细亚协会朗读

三个俗谣

　　在一八九一年的春间，我到出云的松江去视察那以"山之人"出名的化外人之部落。视察所得到的结果，在后来有几部分用着书信的形式给*Japan Mail*通信了，这在一八九一年六月十三日已经发表过，但从这书信中选录一些出来，引用在这儿做现在这篇文章的小引，我想或许不无一点裨益吧。

　　这个部落是在松江的南端，一座小小的山谷里，毋宁说是在城市后面形成一块半圆的山丘间的洼地里的。比较地属于上等阶级的日本人，绝没有谁到这样的一个村落中来视察过。甚至在普通人中最贫穷的人，也要远避着这个地方，正如他们远避着传染病的中心地一样。因为污秽的这个观念，无论是道德上的或是肉体上的，现在还是连提起这部落的住民的名，也要被联想到的。因此，这个部落虽然离市中心只有半小时以内的步行便可以达到,但恐怕在松江三万六千的住民之中,没有五六个人曾到过的吧。

在松江和它的周围,共有四种不同的化外民的阶级:"哈儿耶","小屋的人","山的人"和管田的"秽多"。

"哈儿耶"的部落有两个。他们从前都是些公家的刽子手,在官衙里服役,得到了种种的地位。他们照昔日的法律虽算是流氓中顶下贱的阶级,但因为他们在衙门里服务,又常常和官长接触着,修得充分的理智,所以他们在一般民众的念头里,便比别的化外人高一级了。他们现在是竹箱和竹笼的制造者。人家说他们是那个在日本唯一的、大逆不道地反叛着的,想用武力篡夺皇位的平将门平亲王一族和党徒的后裔。这个叛逆者是被那有名的将军平贞盛所杀掉了的。

"小屋的人"是些屠夫和贩卖兽皮的商人。除了木屐商人或别的履物商的店铺以外,松江的无论哪一个家屋也不准许他们的脚踏进去的。他们本来是些流氓,后来有一个著名的'大名'替他们在运河的岸上筑着许多'小屋',使他们长住在那儿了。他们的名便是由此得来的。至于真正的"秽多",则他们的身份和职业是尽人皆知,在这儿似乎没有说明的必要。

"山的人"因为他们住在松江的南端的山中,所以被这样地称呼着。他们有着褴褛纸屑业的专卖权,他们是一切废物类的购买者,自旧瓶以至破毁的机械类。他们有的人很是富裕。实在的，他们比着别的化外阶级，全体说起来是比较的繁荣。可是，一般的人民对于他们的偏见，依然和对于他们的特别法律撤废前的时代差不多一样的强烈。无论在什么环境之下，他们没有一个人能够得到侍役的职务。他们的最标致的姑娘，在旧时大都是去当娼妓的。但无论在什么时代，她们绝不能够进邻近的城市的娼寮，在她们本市那是更不待说的了，所以她们大都是被卖到远方的娼寮去。一个"山的人"到现在还是甚至连一个车夫都不能够当的。他无论有什么才干，连做一个普通劳动者也不可能，除非他到一些远地方去，在那儿他可以隐蔽自己的出身以外。但若是在这样的情状之下一旦被发觉了，那么，他便有被他的劳动者同伴们杀死的危险。无论在什么环境之下，一个"山的人"总不容易把自己当为一个"平民"在社会上生活着。几百年的隔离和偏见，使这个特殊阶级很明显地形成了他们的特殊风俗。连他们的语言也变成一种特殊而奇怪的方言了。

　　我很渴望着要看这么处在奇异的境遇和特殊化的社会的一些事物。幸而竟碰着一位日本绅士，他虽然在松江是属于最高阶级的人，但十分亲切地答应和我去看他们的乡村，那儿他自己也未尝到过的。在路上，他对我说了许多关于"山的人"的奇奇怪怪的事情。据说，在封建时代，这些百姓很受着武士的好款待。他们常常被准许或被招请到武士家的庭院里去唱歌和舞蹈，对于这些演技他们是要收报酬的。他们借以得到使贵族阶级的人们娱乐的歌和舞，是别人所不知道的，通称为"大黑舞"。"大黑舞"的歌，实在是"山的人"的祖传的艺术，而且也是表现着他们对于美的和情绪的事情的最高理解力的。在往日，他们没有入堂皇的戏院的权利；而和'哈几耶'一样，有着他们自己的剧场的。我的朋友又说，研究他们的歌舞之起源，一定是一桩很有趣味的事，因为他们的歌词不是用着他们自己的方言，而是纯粹的日本语。而特别可惊奇的，是他们这些"山的人"绝对没有受着写读的教育，而对于这些口传的文学竟能够保存长久而不恶化这一点。他们甚至连不能够应用着明治时代给予了他们的新教育的机会。偏见还是太过厉害，不能够使他们的小孩儿有进公立小学校的幸福。一间特别小学校的建设或许是可能的，然而要得到愿意去当教师的人，则恐怕不容易吧。

这个乡村所在的山凹地，就在洞光寺的墓地背后。这部落有着他们自己的神道庙。我看到这个地方的情景，非常地错愕了。因为我本来是预期着看到许多丑恶和肮脏的。然而反之，我却看到了许多精致的住宅，住宅的周围都绕着庭园，而室内的墙壁也挂着绘画。四处树木很多，村舍因灌木和树木而显得苍苍翠翠，风景非常的美丽。因为这土地的不规则，小小的道路形成种种的角度在山丘中绕着，或上或下——最高的道路和最低的道路有五十英尺以至六十英尺之差。一间大公共浴堂和一间公共洗衣所，在证明着这些"山的人"爱好清洁，正如在山那方面的邻居的"平民"一样。

一大群的人马上聚拢来观看到他们乡里来的外乡人——

这在他们是一桩稀罕的事件。我所看到的脸孔，很像"平民"的脸孔，只觉得丑的更丑些，而对照着那些美丽的便越显得美丽了。里头有一两个是凶恶的样貌，使我忆起我曾看过的吉普赛的脸孔来；但在另一方面，有些小姑娘是非常标致的姿容。这儿没有像'平民'间那种相遇着便要交换行礼的风俗。一个上流阶级的日本人对着一个'山的人'，反倒常常想要脱帽，正像西印度的移民对着本地的黑人常常想要点头行礼一般。'山的人'们，常常用他们的态度表示他们自己是不期待着什么礼貌的。他们没有一个人对我们行礼。但有些女人，在被亲切地交谈了的时候，便鞠躬顿首了。别的妇人们，则一面在织粗草鞋，一面对着责问只答应"是"或"不"，好像不信任我们的样子。我的朋友叫我注意着她们的服装和普通的日本女子的服装之间不同的事实。例如，就是在最贫穷的'平民'之间，服装也有着一定的法则的。依着年龄的不同，有的颜色可以穿，有的颜色不可以穿，那是有一定讲究的。可是在这些人们之间，即使是老妇人，也缠着红色或五光十色的腰带和穿着颜色华丽的衣服。

　　在市街上看到的女子们，或在买东西或在卖东西，尽是老妇人。少年都藏在家里。老妇人们常常带着一种样式奇特的大竹筐进城去，人们由此可以马上就晓得她是"山的人"这个事实。像这样的竹筐，一堆一堆地，大概是放在小住宅的门口，可以看得见。它们是被负在背上的，而用为收藏"山的人"所买的一切东西——旧报纸、破旧衣服、空瓶、破玻璃和碎铜碎铁。

　　有一位妇人终于放胆招我们到她的家中去看她要出卖的一些古时的色绘纸。我们进去了，我们受着在"平民"之家一样的好款待。那些绘图——包含着许多广重的画——是很有一买的价值的。我的朋友后来问她，可不可以给我们听一听"大黑舞"之歌。我真是十分满足，这个请求竟被容纳了。于是，在我们答应给各个唱歌者一些钱之后，一群我们先前没有看过的容貌标致的年轻姑娘们俱出现了来，准备着要唱歌，同时一个老妇人也准备着跳舞了。为着这个表演老妇人和姑娘们各个准备着奇妙的乐器。三个姑娘持着用纸和竹造成的形如木槌的乐器，这是要表示着"大黑"（福之神）的槌。它们被握在左手里，右手则在摇摆一把扇子。别的姑娘们则准备着一种响板——用一条线联结着的两个坚硬平滑的黑木板。一共六个姑娘在屋前形成一列。那老妇人站在这些姑娘们的面前，两手持着两支小棒，其中的一支是沿着棒身刻有凹条的。用别的一支在它的上面拉着，一种奇怪的辘辘声便响起来。

　　我的朋友指示给我知道，说那些歌女是分成两个不同的组，每组各三个人。那些手持木槌和扇子的是"大黑"组，她们是要唱歌谣的。那些手拿响板的是"惠比寿"[①]组，是和唱复句的。

----

　　① Ebisu，劳动的守护神。

那老妇人摩擦着她的两支小棒，于是从"大黑"组的喉咙中便流出一种和我在日本从来所听过的歌完全不同的歌调来，那歌声又清澈又柔美。同时那响板的啪啪声很正确地打着拍子，合着那很急速地发出来的话句的分音的节奏。当第一组的三个姑娘唱了一定的歌词之后，别的三个姑娘的声音便要跟着唱起来，生出一种虽然是不很调和但很愉快的调子，而一齐唱出了和唱句。于是"大黑"组又开始唱出别的歌词；经过了一定的间隔之后，合唱组又唱起来了。当此时，那老妇人则在跳着一种很奇怪的舞蹈，时时吟咏着一些滑稽的歌词，使得听众大笑起来。

然而，这首歌并不是滑稽的。那是题为《青菜店阿七》的一支很悲哀的小调。青菜店阿七是一位漂亮的姑娘，因为想要和她的爱人——某寺院的侍僧再会面，把她自己的家放了火。她预期自己的家烧掉，她的家族便不得不到那座寺院里去避难的。但是事情发觉，证明她犯着放火罪，她便照着那时代的严酷的法律，被宣判活活烧死的刑罚。这个宣判实行了。然而牺牲的青春和美，及她犯罪的动机，却引起了一般民众的同情心，到后来便制成歌谣或戏曲以表现了。

这些演员除了那老妇人以外，没有一个在唱歌的中间把脚从地上提起过——但是她们都合着歌调的拍子，始终在把身体摇来摇去。唱歌继续一小时以上，在这一小时以上的时间内她们的歌声绝对没有变坏过。而且，我虽然不懂得那歌词的一言一句，岂但不觉得疲劳而已，及听到全部唱完了的时候，竟要觉得非常可惜了。在外国人的这个听者，要生起一种愉快之感，同时对于那些起源已经不晓得的古旧的偏见的牺牲者——年轻的歌女，也要生起同情来。

　　上面的从我寄给 *Mail* 的通信中选录出来的文章，在说明我对于"大黑舞"的趣味的历史。后来我由松江的友人西田千太郎的好意，得到了"山的人"所唱的歌的三个手抄本了，而关于这些的译文，在后来也为着我做了。我现在放胆地根据着上述的译文，把这些俗谣——当为不无趣味的民谣之例——用散文译出来。一种绝对地照字的翻译，用十分注意的精神，再加以详细的注释，不待说是比较值得有识阶级的注意的。然而这种翻译要求许多的时间和忍耐的劳力，同时也要求着我的能力所不到的日本语的知识。若是原文本身，有用学者式翻译的十分的价值，我便绝不会企图译它了。但我觉得这些歌谣，的确是一种不会因自由而平易的叙述而失掉多大的趣味的。从纯粹的文学的立场看起来，这些原文实在是不足道的，它们没有表现着什么雄大的想象力，没有什么真正可以称为诗歌艺术之点。我们一读这些韵文便晓得它们是离开日本真正的诗歌——仅仅选读两三句，便能够在读者的心中造出完全的色彩画，又能够用那沁人心脾的妙味，使读者想象种种的事，唤起最优美的兴奋的作品——很远的。"大黑舞"是非常粗糙的。它们所以长久能够得到一般人的喜欢，我想，与其说是因为它们的什么特质，倒不如说是因为它们的有趣的唱法对些，这一点我们可以把它们和英国的古代民谣相比着。

　　成为这些歌谣的来源的传说，还用着种种不同的形式存在着，戏曲文也包含在里头。这些传说所供给的艺术的暗示颇多，我在这儿没有指示的必要，但在这个颇多之点，我可以认定它们的势力到现在还没有过去。就只在两三个月以前，我才看到了许多新从工场出来的美丽的棉布，上面印着小栗判官在使一匹名为鬼鹿毛的马站到棋盘上去的绘图。我在出云得到的三个俗谣，虽不能断然说它们是在那儿做的，或是在什么别的地方做的。但"俊德丸"、"小栗判官"和"青菜店阿七"的故事，的确在日本是到处都很知道的。

　　我把这些散文译和原文一齐提给协会，附加着一些关于"大黑舞"之歌的地方的风俗，关于表演中在各音程间唱着的滑稽的文句，关于唱歌者所用的象征东西等的有趣的说明——卑野粗陋的文句有时候从略不译出。

　　和唱句好像不是在每一定若干节之后唱，而是在吟诵句的一部分一部分的字尾唱的。各组唱歌者的人数也没有一定的限制：可以用很多人，也可以用很少的人。我想出云式的奇异的和唱句的唱法——这一组发出元音"iya"的叫声来，另一组便发出"Sorei"的喊声呼应着的唱法——很值得那些对于日本俗谣有兴趣的人们的注意。实在的，我确信日本有着很愉快而且完全未开发的研究的田地，可以供给民众音乐或俗谣的研究者。那带着奇妙的和唱句的"丰年舞"

221

的歌;那各地不同的"盆舞"的短调;那从远地的田圃中或山坡上常常听到的,调子常是微妙而奇怪的歌谣的一节;都有着一种和"说到日本音乐便要联想到的东西"完全不同的特质——有着一种甚至在西洋人的耳朵都觉得美妙迷人的魔力,这,因为它的合乎自然的谐调,是不减于鸟鸣或蝉叫的缘故。制作这样的歌律,带着它们那种非常纤细的音调,当然不是容易的工作,然而我不得不相信它们所得到的结果,是充分地可以偿还这种劳力的。它们不但是表现着往古的,或是原始的音乐精神而已,而且也表现着这个民族的某种本质的特色。而从这种民众音乐的比较研究,我们定能够得到许多关于民族情绪的知识的。

然而,给古代农民的短歌与这么奇妙的情趣的这些特质,在"大黑舞"的出云式的唱法中很少呈现着的这个事实,恐怕就是指示着"大黑舞"的歌比较地是近代的吧。

俊德丸的俗谣

啊啦！——年轻的大黑和惠比寿愉快地跳着进来。

我们说故事好呢，还是述庆祝词好呢？故事。那么，我们说什么故事最好呢？既然我们在这个尊贵的家里被命说一个故事，我们便说俊德的故事吧。

从前在河内的国里，的确住着一个名叫信吉的大富翁。他的长子名叫俊德丸。

当长子俊德丸三岁的时候，他的母亲便死了。到了他五岁的时候，父亲讨了一位女人来做他的继母。

及他到了七岁的时候，他的继母便生了一位男孩，名叫乙若丸。于是两个兄弟在一起长大起来。

俊德在十六岁的时候，到京都的天神庙去参拜神佛。

他在那儿看到了一千的人民来参诣庙门，一千的人民回去，一千的人民留在庙里：那儿一共是聚集着三千的人民的。①

---

① 这个数目在日本语不过是表示多数之意而已，并没有实在的意味。

在这群众的中间，有一位名叫萩山的富翁的末女，坐在轿中向天神庙来了。俊德也是坐着轿来的，而这两顶轿沿着道路并排地前进。

一看到那位小姐，俊德便恋上她了。于是两人便交换着爱的眼波和情书。

这一切的事情，都被一个好谄媚的仆人晓得，去报告给俊德的继母知道了。

于是继母便开始这样想：若是这个青年长久留在父亲的家里，那么，在东边和西边的贮藏库、在北边和南边的谷仓，以及在中央的房子，便绝对不会归为乙若丸所有了。

因此她想出一个坏事情来，对她的丈夫说道："听吧，老爷，你可以允许我得到七日间的自由，离开家务上的事情不管吗？"

她的丈夫答道："当然可以。但你拿这七日做些什么事情呢？"她对他说："在我和老爷结婚之前，我对清水的观音许下了一个愿，所以我现在想到那座庙里去还愿的。"

主人说："那可以。但你要哪个男仆或是哪个女婢陪着你一道去呢？"于是她答道："我不要什么男仆或女婢陪着我。我喜欢自己一个人去。"

于是对于她的旅行的种种忠告，她一点也不留心地便离开家庭，急急向京都去了。

到了京都市的三条边的时候,她问人家到打铁街去的路。然后找到了,她看见三家打铁铺并排在一起。

她走到中央的那一家去,和打铁匠寒暄过,然后问他道:"打铁师傅,你能够替我做些细巧的铁工吗?"那铁匠答道:"是,太太,我能够。"

于是她接着说道:"我请你替我做出四十九只没头的钉。"但他答道:"我的家代代打铁,传到我来已经是第七代了。但我到现在还没有听到什么没头的铁钉,这种工作我不能够承受。我想你到别家去问问好了。"

"不,"她说,"因为我起先就来找你,所以我不愿意再去找别家了。请你替我做吧,打铁师傅。"他答道:"老实说,若是要叫我做这样的钉,我须要一千两银子才答应哩。"

她答应他道:"若是你肯替我都做好,你要一千两或两千两银子我是都不在乎的。请替我做吧,我恳求你哦,打铁师傅。"因此,那个打铁师傅也不好意思再拒绝做这样的钉了。

于是他把全部的器具整理得很整齐,对着风箱的神①行了礼,然后举起他的第一个铁锤,念着《金刚经》;举起他的第二个铁锤,念着《观音经》;举起他的第三个铁锤,念着《阿弥陀经》——因为他恐怕那些没头钉或许要被拿去做恶事。

这样,他在忧愁的中央把铁钉全部做好了。那妇人非常

---

① 打铁匠的神。

地欢喜,于是把那些钉接收在她的左手里,而用右手把钱递给了打铁匠,然后对他告别,走她的路去了。

当她去了的时候,那个打铁匠想道:"的确我是得到了小判①一千两了。但我们的一生不过是像长途旅行者的休息所罢了,所以我必须对别人表示些怜悯和慈善。对那些在冻的人我要给他们衣服,对那些在饿的人我要给他们食物。"

于是,因为他在各地方的边界或各乡村的边境设立了写牌通告他的宗旨,所以他便得向许多的百姓表示慈善了。

一方面那位女人在途中停脚站在一个画工的家前,请求那画工替她画一幅图画。

那个画工问她道:"要我替你画一幅古梅的画呢,还是一幅古松的画?"

她对他说道:"不,我不要一幅古梅的画,也不要一幅古松的画。我要你画出一个十六岁的青年的肖像画,身长五尺,脸上有两点黑痣的。"

画工说:"那是很容易画的。"于是他在一个很短的时间中,便把那张肖像画成功。那肖像非常地像俊德丸,那女人非常高兴地辞别了。

她带着俊德的肖像画赶快到清水去,她把那张画贴在庙后的一支柱上了。

---

① 小判是一种金货币。小判有很多种奇异的形状和花纹。最普通的形体是椭圆形的平盘,而印着汉字的。有些竟长至五英寸,厚有四英寸。

她从四十九只铁钉中拿出四十七只来把那张肖像画钉在柱上,用剩下的两只铁钉钉在眼睛里。

于是,那坏女人觉得她的确是对俊德丸施行了咒术,便回家去了。她很谦逊地说:"我回来了。"她装着非常忠义和老实的样子。

于是,俊德在他的继母对他施行恶咒之后过了四个月,便病得非常厉害起来了。继母看到这种情形,心里暗暗地欢喜起来。

她狡猾地对她的丈夫信吉说道:"老爷,俊德的病好像是一种很不好的病。而在一个有钱人的家里放着一个有这样病的人是很难为情的哩。"

信吉听到这话非常地惊愕而且非常地悲伤。然而,他自己想,那实在是没有办法的,便叫俊德来,对他说:

"儿呀,你的病好像是大麻风的样子。一个人既然有了这种病,是不好继续住在这家里的。

"所以你最好是到各地去做香客参诣神明森林去,或许可以希望神明的力量给你治好。

"而我的贮藏库和谷仓,我绝对不会给乙若丸,只要给你哦,俊德。所以你将来必定要回来才好哩。"

可怜的俊德不晓他的继母是怎样的心坏,很可怜的样子去恳求她,说:"亲爱的母亲,父亲叫我须得出去四方彷徨,好如一个香客。

"但我现在两眼已经瞎了,我不能够不受困难地去旅行。我每天不必吃三顿饭，只有一顿饭吃我也满足，而且只要许我住在藏物屋或谷仓里的壁角，我也是欢喜的。但我总希望能够留住在我这个家的附近什么地方。

"你肯不肯允许我留住呢，就只是暂时间？亲爱的母亲哦，我恳求你，让我住下去吧。"

但是她答："因为你现在所患的病，只是这个恶病的开始，所以我不能够让你住下。你须得马上离开这个家庭去哦。"

于是，俊德被仆人强迫着赶出家门，走到庭里去，非常地悲愁着。

那个心肠不好的继母跟在后面出来，对他喊道："因为你的父亲命令了你，你应当马上走哦，俊德！"

俊德答道："看呀，我连一套旅行的衣服都没有。我应该要有一件香客的外衣和扎腿布，和一只香客的行囊做求吃用才对。"

听到了这些话的时候，那恶毒的继母非常欢喜了，于是她马上给了他所要求的一切东西。

俊德接受了那些东西，对她说了多谢，虽然是在很可怜的状态中，他也准备着要起身了。

他穿上外衣，挂一只护身符在他的胸上，又把那只行囊吊在他的颈边。

他穿上草鞋，紧紧地扎好，拿一根竹竿在他的手里，又把草织的帽子戴在头上。

于是，他说："父亲，再会吧，母亲，再会吧。"说着，便走上他的旅途去了。

信吉很伤心地伴着他的儿子走了一截路，说："我没有办法哦，俊德。但是，靠着这只护身符所供奉的神明的大恩典，如果你的病变好了的时候，便要马上回来给我们的哦，我的儿。"

听到了父亲这些仁慈的送别的话，俊德觉得心里安慰很多，于是把那大顶的草帽深深地掩盖着颜脸，使邻近的人不晓得地，独自走着去了。

但不久，当他晓得他的两腿那么无力的时候，他便恐怕他不能够走到远地去，而且觉得他的心始终在被牵引回他的家去的样子，因此他不得不时时站住两脚，向家的那方面回顾着，而重新又悲愁起来了。

因为他很难进入任何人的住家，所以他不得不时时在松树下或是森林中睡觉。但有时候他竟幸运地在路旁的佛寺找到了他的宿所。

有一天，在天黎明之前，早晨还在黑暗里，乌鸦刚刚开始飞鸣的时候，俊德的死了的母亲来托他一个梦。

他的母亲对他说："儿呀，你的患难是因为你那个恶狠的继母用魔法诅咒了你的缘故哩。你现在赶快到清水的神明面前去，祈求观音使你的病好起来吧。"

俊德醒来，觉得很奇异，便听他生母托梦的话走向京都去，走向清水的寺庙去了。

有一天，他在旅行的途中站在一个名叫萩山的富翁的住宅门前，大声地叫喊着："施舍！施舍！"

于是那家的一个女婢，听到了喊声，便走出来给了他食物，而大声地笑着说："想把一些东西给这样滑稽的一个香客，什么人能够忍住不发笑呢？"

俊德责问道："你为什么笑我？我是一个名叫信吉、住在河内的富翁的儿子。但因为我那位恶狠的继母用魔法诅咒了我，所以我才成为像你现在所看到的样子哩。"

这时候乙姬，这家的一个女孩，听到了两人的声音，便走出来，问那女婢道："你笑什么呢？"

那个女婢答道："哦，小姐，有一个从河内来的瞎子，他看来像是二十岁的样子，紧贴在门边的柱上，大声地叫喊着'施舍！施舍！'哩。

"因此，我用一个浅碟子盛着一些白米想给他。但是当我把浅碟子递给他的右手的时候，他把左手伸出来；当我把浅碟子递给他的左手的时候，他却又把右手伸出来了：这便是我所以忍不住要发笑的理由哦。"

听到那个女婢对那位小姐说了这样的话，那瞎子不禁愤怒了起来，说道："你没有权利侮辱外乡人。我是住在河内的一个有钱而且有名的人的儿子，我的名字是叫做俊德丸的。"

这时，这家的女儿乙姬，突然记起他来了，而且也同样地愤怒了，于是对那女婢说道："你不应该这样粗鲁地笑人，今天笑人，明天必定要被人笑的哦！"

但乙姬却非常地惊愕了，她不禁地稍微战栗起来，退回自己的房里去，突然晕过去了。

于是满家的人都混乱起来，一位医生马上被请到。但这位小姐却完全不能够吃任何种的药剂，只是渐渐地衰弱下去。

许多著名的医生被请来了，他们在一起商议着乙姬的病症。后来他们终于确定乙姬的病，只是起因为一些突如其来的悲哀的。

于是，母亲便对她的病女儿说："如果你有什么秘密的悲苦事，不要隐藏地对我说明吧。若是你要什么，无论是什么我都愿意极力设法弄来给你。"

乙姬答道："我觉得很害羞，但我要告诉你我所要的是什么东西。

"前几天来这儿的那个瞎子，是河内的一个有钱而且有名的市民名叫信吉的儿子。

"当京都北野的天神节的时候，我在到寺庙去的途中，和那个青年碰着。那时我们交换着情书，互相盟誓定了情。

"因此，我非常地希望父母能够允许我出去找他，无论他在什么地方，总要到了找到他为止。"

母亲慈和地答道："那很好。若是你要一辆轿子坐，你可以得到；若是你要一匹马骑，你也可以得到的。

"你可以任意选择哪一个仆人伴着你走，你要好多小判，我也可以照数地给你。"

乙姬答道："我不必要轿子或是马匹，也不要什么仆人。我只要一件香客巡礼的衣服——扎腿布和外衣——和一只求施舍的行囊就够了。"

因为乙姬以为像俊德一样地做，而且独自一个人出去，正是她的义务。

于是她离开家庭去了，对她的双亲告别，两眼满满地含着泪水，几乎不能够说出"再会"这句话来。

她一山越过又一山，一山越过又一山，听到的只是野鹿的啼声和溪流的水声。

有时候她要迷失了道路，有时候她要攀着险峻的山崖，走着崎岖的小径。她始终在悲愁里旅行着。

后来在她的面前——远远的前面，她看到了一株叫做"伞松"的松树，和两块叫做"相会"的石头。当她看到这些石头的时候，她便怀慕着俊德起来，而且有了希望。

她急急地走上前去，碰到了五六个要到熊野去的人，于是她问他们道："你们在路上碰到一位大约十六岁的青年瞎子没有？"

他们答："不，还没有碰到。但我们若是在什么地方碰到了他的时候，无论你要什么，我们都愿意代你对他说的。"

这个答复非常地使乙姬失望。她开始想她为着找自己的爱人的一切努力，将成为徒劳了。因此，便非常地沉闷起来。

后来她终于不堪忧闷，竟决心不要在这个世上再找他，而马上投下狭山池里，希望或许能够在来世遇着他了。

她尽力赶快地走向那儿去。她走到了那个池边的时候，便把她的巡礼的拐杖放在地下，抛开她的行囊，把她的外衣挂在一株松树上，又散开了她的头发，结成俗称为"岛田"式的样子①。

然后，她把石头放满了两袖，正要跳入水里去的时候，突然在她的面前现出一位庄严的约莫有八十岁的老人来，满身穿着白衣，手里持着一个笏。

这位老人对她说："不要这样生短见吧，乙姬！你想找的俊德在清水那里，到那儿去会他好了。"

这些话，实在的，是她所能够希望的最幸福的消息，于是她马上很欢慰起来。她晓得她的守护神的慈悲这样地救了她，而且晓得对她说这些话的正是守护神本身。

因此，她把放在袖里的石头全都抛掉，重新把脱下的外衣穿上，重新梳好了她的头发，而尽可能地赶快走向清水的寺庙那边去了。

到头她走到那座庙了。她登上三个低的台阶，向拱廊下面一瞧，便看见她的爱人俊德，正躺在那里睡觉，盖着一张草席。于是她唤了他："喂！喂！"

俊德这样地突然被唤醒起来，把放在身边的拐杖拿起，

---

① "岛田"式是日本女人死后的一种简单的结发。

喊道:"咳,每天每天这邻近的小孩儿总要到这儿来打扰我,因为我是个瞎子!"

乙姬听到了这些话,心里觉得非常悲伤,走近前去,把自己的手放在她那可怜的爱人的肩上,对他说道:"我并不是那顽黠恶作剧的小孩儿。我是那个富翁萩山的女儿哦。因为我从前在京都北野天神节的时候,曾经和你誓约过,所以我现在到这里来看你了。"

俊德听到他的爱人的声音,非常地错愕,赶快站起来,大声喊道:"哦!你真的是乙姬吗?从我们分别以来已经是过了很长久的时间了——但这真是太奇怪!这不是完全一个梦吗?"

于是,他们互相抚打着,他们只能够对泣,说不出话来。

但俊德马上就把他一切的悲哀放开,对乙姬说道;"我被我的继母暗暗地施了诅咒的魔法,所以我的容貌变成现在这样子了。

"因此,我绝对不能够和你在一起,来做你的丈夫。就是现在我这样地遇到你,我也不得不永远是这样,直至朽死为止哩。

"所以你应该马上回家去,去过你幸福和光明的生活才对哦。"

但是乙姬很伤心地对他说:"绝不!你真的是这样想吗?你真的没有神经错乱吗?

"不,不!我之所以这样地变装,就只因为我很爱你,连为着牺牲了我的生命我也愿意的缘故。

"所以我现在绝对不离开你,不管将来我会变成怎么样也是。"

俊德听到这些话非常欣慰,但他同时也觉得她的可怜,所以他哭了,一句话也不能够说出来。

后来她又对他说道:"你那凶狠的继母只因为你有钱所以诅咒你,所以我要替你报仇来诅咒她,我是不怕的。因为我也是一个有钱人的女儿。"

于是,她用着全副的诚心,对这座庙里的神明这样地说了:

"我将留在这座庙里斋戒七日七夜,来表明我的誓愿。如果你有什么真理和慈悲,我便恳求你救救我们。

"像这样堂皇的一座庙宇,茸草的屋顶是很不配的。我要用小鸟的羽毛来重新换它,屋顶的栋梁我要用鹰鸟的腿毛来盖它。

"这栋牌楼和这些石造的灯笼不好看,我要建筑一栋黄金的牌楼。我要造一千盏金的和一千盏银的灯,而且每晚我要来点燃它们。

"像这样大的一个庭园里,应该栽些树木才对。我要栽种一千株桧树,一千株杉树和一千株唐松。

"但,若是俊德的病不会因这样的誓愿而被疗好起来的话,那么我们两人便要自己投下那边的荷花池里去。

"而在我们死了以后,我们将变成两条大蛇,来烦扰那些来这座庙里参拜的人们，而且要阻碍参拜的通路。"

　　说也奇怪，在她下了这个誓愿之后第七天的晚上，观音便来托她的梦，对她说道："你的誓愿我将答应你。"

　　乙姬突然醒过来了，于是把她的梦告诉俊德，两个人都非常地惊奇着。他们爬起来，一齐到河里去洗澡，礼拜了观音。

　　于是，真是奇异，瞎子俊德的眼睛竟然十分地开起来，一切的东西都复看得清清楚楚了，而且他的病也不知不觉地痊愈了。这时候，两个人因为喜极互相对泣了起来。

　　他们找到了一家小旅馆，在那儿他们把巡礼的装束解下，换上新的衣服，雇着轿子和轿夫抬他们回家去。

　　到了他父亲的家里时，俊德大声地喊了出来："父亲母亲，我到头回来了！我的病竟然因为那写在神圣的牌上的符咒的力量，像你们现在所看到的一样痊愈了。你们都平安无事吗，父母亲？"

　　俊德的父亲听到这些喊声，赶快跑出来，喊道："哦！我不晓得为着你担忧了好多心事！

　　"我差不多没有一瞬间不想及你的事情。但是现在——我看到你回来，和看到你带来的媳妇，是怎样的高兴哟！"于是他们大家都欢喜起来。

　　但，在另一方面，真是奇怪，那个心肠恶毒的继母，竟在这一瞬间眼睛突然变瞎，她的手指和她的脚趾都开始腐烂了起来，因此她非常地受苦。

于是，新娘和新郎对那个凶狠的继母说道："看呀，大麻风的病竟然轮到你的身上来了！

"我们不能够留一个大麻风的人住在有钱人的家里，请你赶快走去吧！

"我们将给你一套巡礼的外衣和扎腿布，一顶草帽和一支拐杖。因为这些东西我们老早就准备着。"

那位继母晓得她从前曾做了那样的坏事情，现在就是要求免了一死也是不可能的了。俊德和他的妻非常地快乐，他们是怎样的快乐哦！

继母恳求他们一天只给她一顿饭吃就好——正如从前俊德恳求过她一样。但是乙姬对这个不幸的女人说道："我们不能留你住在这儿——就是在外屋的角落里也不可。请你马上出去吧！"

信吉也对他的坏妻说："为什么你还要留在这里？你要等好久才滚蛋呢？"

于是他把她赶出去，她没有办法，只好哭着出去，极力掩藏着她的脸孔不使邻近的人看见。

乙若牵着他盲了目的母亲之手，两人同到京都去，到清水的庙去了。

当他们到了那儿的时候，他们登上那庙前的三级台阶，跪下去祈祷观音说道："请给我们力量，再下一回诅咒吧！"

但观音突然出现在他们的面前，说道："如果你的祈祷是好的,我便答应你。但是一个坏的我已经不愿意再干了。

"如果你非死不可,你便死去好了!而在你死了之后,你将要被送到地狱中去,而且要被放在铁釜中煎熬。"

俊德的故事结尾就是这样。我们击一响喜悦的扇子,就此告终吧!恭喜——恭喜——恭喜!

小栗判官的俗谣

一　诞生

有名的高仓大纳言，他的别名是兼家，非常地有钱，他在各地都有着藏宝库。

他有一粒宝石可以支配火，还有一粒宝石可以支配水。

他也有着虎的爪，那是从活的兽里拔起来的；他又有着小马的角；他甚至连麝香猫[①]也有着。

在这个世界上，凡是一个人所能够得到的东西，他件件都有。但只是缺少了后嗣，除此以外他并没有什么别的忧愁的种子。

在他家里的一个名叫池庄司的忠仆，终于对他说了这些话来：

"听说在鞍马圣山上祠着的'多门天'的守护神很是灵

---

① Jakouneko。有些词典是注着麝香鼠的。原文则暗示着那是麝香鹿的意思。但很明显地这是神话中的动物，所以我想还是照着文字译出来的好。

显，远近都知名，我慎重地请你到那座庙里去祷告他。因为这样一来，你的希望一定会得到满足的。"

主人容纳了这个建议，便马上准备着行装到那座寺庙去。

因为他用全速赶着走路，所以他不久就到那座寺庙了。他在那儿用清水洗净肉体，虔诚地祷告神明赐给他一个后嗣。

三日三夜，他断绝了一切的食物。但一切好像是徒然的样子。

因此，主人看到了神佛默然不管，便非常地失望，决心在那庙里剖腹自尽，来污辱这座圣殿。

他并且决心在他死后，他的灵魂要常常在鞍马山出没，以阻碍和恐吓登着九里的山路来朝拜圣庙的一切香客。

若是迟延了一瞬间，恐怕便没有救了吧。但是幸而那善良的池庄司及时赶到，把主人的剖腹阻止了。

"哦，我的主人！"那个侍从说，"你实在太着急地来决心自杀了。

"请你先让我来试试我的命运吧，看我为你祈祷能不能够得到较好的成果。"

于是，经过二十一回的洗净身体——七回用热的水洗净，七回用冷的水洗净，又七回则用一把竹帚扫净自己的身体——他才对神这样地祷告着说：

"如果靠着神明的恩惠我的主人能够得到一个后嗣，那时我便誓愿奉献青铜的铺石来铺这座庙庭。

"我愿奉献青铜的灯笼,来建立并排在庙外,奉纳纯金和纯银的镀金术来镀庙里的一切栋梁!"

他在神佛之前连连祈祷了三晚,到了第三晚的时候,"多门天"便显现在诚心的池庄司的面前,对他说道:

"为着热心地要答应你的祷告,我到远近去寻找一个适当的后嗣——甚至到天竺(印度)和唐土(中国)去。

"但虽然人类的生物像天上的繁星和海边的沙粒那么多,可是不幸可以做你主人的后嗣的,从人的种子中我却不能找到一个。

"最后,我晓得再没有办法了,便从那远住在檀特山中的'有有'峰上的四天王①的八个孩子中,偷了一个来。我想这个很可以做你主人的后嗣吧。"

说完了这些话,那个神明再退入深奥的庙里去。于是,池庄司从这个真正的梦中吓醒来,在神佛的面前叩跪了九次,然后赶紧走回主人的住家去。

不久,高仓大纳言的妻便怀孕起来了。在幸福的十个月过了之后,她便一点不苦痛地生下一个男孩儿。

很是奇异,那小孩儿的前额,很明显和很自然地注着一个汉字"米"。

但更奇异的是他的眼睛是重瞳的。

池庄司和双亲都非常地喜欢,在出生了三日之后,那小

---

① 守护东西南北四方的天神。

孩儿被命名为有若——因那个"有有"山之名了。

二　放逐

　　这小孩儿长大得很快。当他到了十五岁的时候，那一代的皇帝便赐给他以小栗判官兼氏的尊号。

　　等到他成人了的时候，他的父亲决心替他讨一位媳妇。

　　因此，大纳言便注意着一切高官显贵的女儿，但他没有找到一个女子值得配他儿子做妻的。

　　但青年判官晓得他自己是"多门天"赐给他双亲的一个儿子，便决心去祷告那个神明给他一个配偶。于是他赶快到那座神庙的寺庙去，带着池庄司做伴。

　　他们在那儿洗净了手和漱了口，连连住在庙里三夜没有睡眠，把全部的时间在宗教的礼仪中过去。

　　但因为他们没有什么伴侣，那位少爷终于感着非常寂寞，便吹起他的笛来，那是用竹根做成的。

　　好像被这个笛子的微妙的音调所诱惑似的，住在庙池中的一条大蛇，爬到寺庙的入口来——它把那可怕的形状变成一个在皇宫中的可爱的宫女的样子——很高兴地在听笛子的清调。

　　兼氏看到了她，以为自己所希望的妻就是在眼前的这个女子了。而且又以为她是神明选给了他的，因此便把这个美人放在一顶轿中，抬回家里去。

但这桩事情发生以后，首都马上便起了一阵可怕的暴风雨，继着便是一阵大水来临。这个暴风雨和大水连连地继续了七日七夜。

皇帝因这个凶兆非常地烦忧。他召来许多星占家，叫他们说明这种天灾的来由。

他们对着这个责问答道，这个可怕的天气，不过是因为牡蛇的愤怒罢了，为因它失掉了它的配偶在报仇——而它的配偶不是别的，正是兼氏带回家去的那个美人哩。

因此皇帝命令兼氏须得被放逐到常陆国去，而那条化身为美人的牝蛇，须得马上被带回鞍马山上的池中去。

兼氏因为皇帝的命令不得不离开家乡，便单单带着他的忠仆池庄司一个人做伴，走向常陆国去了。

三　书函的交换

兼氏被放逐了之后不久，一个旅行商人因为要卖他的商品，便到迁居在常陆的公子的住家来拜访了。

判官问他住在什么地方，那商人便答道：

"我是住在京都的一条名叫室町的街上的，我的名字叫做后藤左卫门。

"我的存货有一千零八种不同的商品，那是要送到中国去的；又有一千零八种不同的商品要送到印度；还有另外的一千零八种，我只是在日本出卖着。

"所以我全部的存货，合共有三千零二十四种不同的商品。

"若是问我曾经到过的诸国，那么我便可以答道：印度和中国我已经是到过了三次；而到日本的这个地方来，这一次算是第七次的旅行了哩。"

听到了这些话，小栗判官便问那个商人，说他晓得什么少女值得做人妻的没有，因为他，这位公子，是还没有结婚的，而很希望能够找到这样的一个女子。

于是左卫门说："在我们的西方的相模国里，住着一个名叫横山长者的有钱人，他有着八个儿子。

"他长久悲叹着他没有女儿，长久祈祷太阳神赐给他一个女儿。

"后来他果然得到一个女儿了。而在她产生了之后，她的双亲想他们应该给她比他们自己更高的一个身份，因为她的产生是靠着天照大神的灵感的缘故。因此他们便替她另外建筑了一所房子。

"她，实在的，是比任何日本女子都优秀，除她以外，我想再没有别的女子适合于你了。"

这个故事很使了兼氏喜欢，他马上便请求左卫门替他做媒人。而左卫门也想要尽他的能力做去，务必使判官的愿望满足。

于是兼氏叫仆人拿墨砚和毛笔来，写了一张情书，而用着绑情书那样的结子把它绑了。

他把书信给那商人，叫他亲手交给那位小姐。他因为他服务的报酬，也给了他一百两的黄金。

左卫门连连地叩头道谢。他把那封书信放在他常带在身边的一个小箱中。然后，他把小箱负在背上，辞别了公子而去。

从常陆到相模去的旅程，在平常虽然是需要七天，但那个商人却在出发后第三天的中午就走到了，因为他用全速赶着路程，夜以继日地不休不息。

他走到那称为"干之御所"（Inui-no-Goshyo）的家去，那是富豪横山特为他唯一的女儿照手姬建筑起来的房子，在相模国的"索巴"（Soba）地方。于是他便请求走入里面去的许可。

但是顽固的守门人命令他走开，宣言这个住宅是有名的横山长者的女儿照手姬的住宅，无论任何男子都不准进去的。不但如此，而且派有卫士在守卫这幢大厦——夜间十个人，日间也十个人——守护得非常注意和严重。

但商人对守门人说他是后藤左卫门，住在京都一条名叫室町的街上的；又说他在那儿是一个非常有名的商人，人们都称他为栴檀老板；又说他到过印度三次，到过中国也三次，而现在是第七次回归"日出"之国来的。

他同时又对他们说道："住日本国中的一切华屋大厦，除了这一幢以外，我都可以自由出入，所以你们若准我进去，那我是无限地感激你们了。"

这样说着，他拿出许多丝卷，送给了守门人。守门人因贪欲而瞎了眼睛，所以那商人便没有什么困难地走进去了，心中自是欢喜着。

他通过了外边的大门,走过一座桥,便来到身份高贵的侍女们的房子的前面。

于是他用很高的声音呼喊道:"哦,高贵的夫人们,你们所要的东西我都有哩!

"我有上腊方的器具;我有梳子和针和镊子;我有头发簪,有银梳子,有长崎来的髢子;甚至有各种各样的中国镜子哩!"

于是那些淑女们,因为喜欢看这些东西,便让那商人走进她们的室中来,他马上就把那个地方弄成像一家卖妇女的化妆品的店铺了。

但在很快地做买卖讲价钱的中间,左卫门不把自己所得到的好机会失掉。他从箱里拿出那封受托的情书来,对那些淑女们说道:

"若是我没有记错的话,这封信我的确是在常陆国内的什么城里拾得的。如果你们愿意收下,我便非常地高兴——因为若是这封信写得好,你们可以当做写信的模范用;若是写得不好,你们又可以当做笑柄开心。"

于是侍女头儿便接受了那封信,想要念出信封面上的字:"Tsuki ni hoshi-ame ni ararega-kori kana。"

那意思是说:"月和星——雨和霰——冰哉。"但她不能够了解这个不可思议的字句的谜。

别的侍女们也不能够推测着这些字眼的意义,她们只能够好笑。因此她们很尖脆地笑了起来,直至照手姬听到走到她们的地方来,盛装着,一张轻纱罩在她那黑油油的头发上。

竹帘在她的面前卷起来的时候,照手姬便问道:"到底你们都在笑些什么呢?如果有什么开心的事,也让我来一道取乐吧。"

于是侍女们答道:"没有什么哩,从首府来的这个商人说他在什么城里拾得一封信,这封信我们大家都看不懂,因此大家就笑了。书信在这儿哩,连信封面上的字我们都莫名其妙地看不懂。"

后来这封信放在开着的一把深红的扇子上面,慎重地呈献给公主,她接受了,看到那笔迹的美丽,便惊叹地说:

"我从来没有看到这样标致的手迹。这好像是弘法大师的亲笔,或是文殊菩萨的手笔的样子哩。

"或许写这封信的人是一条家、二条家或三条家中的哪一位公子吧,他们都是书法的妙手。

"或者,若是我这样的推测不对,那么我便敢说写这些文字的人,一定是现在在常陆国很著名的小栗判官兼氏了……我念给你们听吧。"

于是信封被开了,头一句她所念到的是"富士的山"。这她解释为身份高贵的意思。以后便看到如下面的这样文句:

清水小坂(地方的名)竹叶上的霰,木板屋顶上的霰；友袖中的冰；平野中的清流；小池中的草；芋叶上的清露；长长的带；鹿和红叶，交叉河；小溪上的圆板桥，无弦的弓和无翼的鸟。

照手姬晓得这些文字所表示的意义是这样：

"若是来访便能够会到。将不会分离。将互相倚着。"

其余的文句的意味是这样：

"这封信须得在袖中开封，以防被别人知道。秘密务必守在你自己的胸中。

"你非如芦苇的顺着风势弯曲一样地，顺从我不可。我将为着你服役万事。

"我们结局一定要联结在一起的，不管起初会有着意外事把我们分开。我像秋时牡鹿求偶一样，热烈地爱慕着你。

"即使是长久分离着，我们也将再相会，正如在上流分成两条支流的水终归要相会一样。

"请你知解这封信的意思，而保存着它。我希望得到一个幸福的回音。一想念及照手姬，我便觉得会飞天的样子了。"

照手姬在书信的末尾发现着写这封信的人的名字——小栗判官兼氏——和她自己的名字，当为收信人的名字。

于是，她觉得非常烦恼了，因为她起初一点也没有想到这封信原来是寄给她的。一点都没有思虑地，把信里的文句全部高声念给她的侍女们知道了。

她晓得若是她那个铁石心肠的父亲——长者，一旦晓得这样的事实的话,便马上会用很残酷的方法把她杀死的。

因此,为着怕被埋没在"上野之原"这个荒郊的土中——这是那愤怒的父亲要杀他的女儿最适合的所在——她把那封书信的一端咬在齿中间,片片地扯碎,然后退入里头的房间去了。

但是那个商人,他晓得不得着什么回音是不能够回去常陆的,便决心用狡猾的手段来得到一个复信。

因此他赶快跟在照手姬的后面,追进她的最里面的房间去,等不及脱下草鞋地,他大声呼喊道:

"哦,我的好公主!人家教我说,文字这样的东西,在印度是文殊菩萨所发明,在日本是弘法大师所发明的。

"那么,扯碎用文字写的信,不就是等于扯破弘法大师的手吗?

"你不晓得一个女子比一个男子不干净吗?所以,你身为一个女子,才胆敢扯破一封信的吗?

"听吧,你如果拒绝写一封回信,我便要祷告一切的神明。我将对他们宣告你这种没有女德的行为,祷告他们谴责你哦!"

说完了这些话,他便从那个老带在身边的箱里拿出一串佛教徒的念珠来,开始用着一种可怕的愤怒的表情捻着它。

于是,照手姬非常恐怖和悲愁,恳求他停止他的祷告,答应她要马上写一封回信了。

她的回信即刻就写好，递给了那个商人。商人非常地欢喜他自己的成功，便马上告别回常陆去，把他的箱子负在背上。

四　兼氏不得他岳父的同意而成为新郎的方法

用着十分的速度赶着旅程。媒人不久就走到判官的家里，把回信交给了主人，主人因太过欢喜，两手战栗着把信封拆开了来。

那回答是很短很短的——只写着这样的文句："大洋中的小舟。"

但兼氏推测这文句的意义是："万事照例是有幸有不幸，不要畏缩，请秘密地来吧。"

于是他唤到池庄司，命令他准备紧急旅行所必要的一切东西。后藤左卫门答应做他的引导者。

他带着他们走了。当他们走到了"索巴"郡，近着公主的住家的时候，引导者对公子说道：

"在我面前那个有着黑门的房子，便是那个远近著名的横山长者的住家；而在这房子的北边，那个有着红门的房子，便是羞花闭月的照手姬的住宅了。

"一切要谨慎些，那么你会成功的。"说着，那引导者便不见了。

忠义的侍从池庄司跟着判官，向那红门的房子走去。

两个人正要进去的时候，守门人便来阻挡他们。说他们实在太大胆，竟然敢妄想要走入照手姬——有名的横山长者的独生女——由太阳神的恩典产生下来的圣儿的住宅。

"你们这样说的确不错，"侍从答道，"但你们应该要知道我们是从城里来的官长，要搜寻一个逃亡者的。

"而且，就正因为这个住宅是禁止一切男子走进去的，所以更有搜查里面一下的必要哦。"

于是，守门人被吓住了，便让他们进去，看着那两个被当为真正是裁判所派来的官长走进了庭院里，许多侍女都出来当为贵宾似的在迎接他们了。

照手小姐非常地欢喜那个写情书的人来临，穿着礼服，肩披轻纱，出现在她的求婚者面前了。

兼氏也很欢喜他被这个美丽的女子这样地欢迎着。于是，结婚的仪式马上便举行了起来，两方面都大欢喜。继着是开一个盛大的飨宴。

有这样大的欢乐，和大家都这样地愉快，所以少爷的侍从们和小姐的侍女们都一齐跳起舞来，一齐唱起歌来了。

而小栗判官自己则拿出笛子，那是竹根制造的，开始吹出美妙的音调来。

后来照手姬的父亲，听到了他的女儿家里一切的愉快的骚音，不晓得那是为着什么理由，非常地惊愕着。

但当人家对他说那是判官没有得到他的同意而成为他女儿的新郎的时候，这位长者便勃然大怒起来，暗暗地计划着报仇的策略了。

五　毒药

翌日，横山派一个使者到兼氏那里去，招待他到自己的家里来赴岳父和女婿见礼交杯的宴会。

这时候照手姬，因为她在夜里得到一个噩梦的前兆，劝判官不要到那儿去。

但是判官，不看重她的恐怖，竟勇敢地到长者的家里去了，带着他的青年侍从们。

横山长者非常地欢喜，摆出许多盘碟，山珍海味一切都有，殷勤地款待判官了。

既而，酒席将终的时候，横山便说他希望他的贵宾，兼氏卿也给他们一些什么娱乐。

"但那是哪一种类的？"判官问。

"实在说，"长者答道，"我非常地想领教你的骑马术哩。"

"那么我就试试看吧。"判官答应。于是一匹名叫"鬼鹿毛"的马马上便被拉了出来。

这匹马非常的凶悍，简直不像是一匹真正的马，而是一个恶魔或是一条龙的样子，所以没有人敢走近它的身边。

但是判官兼氏却即刻就把那条系马的铁链解下来，很容易地就骑上鞍了。

"鬼鹿毛"虽然是非常的凶悍，但它却不得不任凭它的骑手为所欲为了。一切当场的人，横山和其余的人，莫不个个都惊愕得说不出话来。

但不久，长者拿出一个六曲屏风来，竖立在那儿，请求兼氏乘马在那屏风的边缘上走给他看。

小栗同意着，便策马跃到那屏风上去了，然后他骑着在那个直立的屏风架上走。

后来一个棋盘被拿出来，他骑在上面，使马蹄正确地踏着棋盘上的四方格子走着。

最后，他使那匹骏马安定地站在一个大行灯的骨架上面。

于是，横山不知所措了，他只能够对着兼氏低低地弯着身作礼道谢，说了这样的话："我真是十分感谢你的演艺，我非常地快乐。"

小栗把"鬼鹿毛"拴在庭园中的一株樱树上，然后又归座去。

但是三郎，这家的第三个儿子，劝他的父亲用毒药的酒杀害判官，便殷勤地劝兼氏喝那种混着蓝色蜈蚣和蓝色蜥蜴的毒液及长久停滞在竹节凹中的污水的酒了。

判官和他的一切侍从，一点都不疑心这酒是放下毒药的，便全都喝干了。

说来真可惨，毒药进入他们的腹和他们的肠里去，他们的骨骼因为那种激烈的毒，竟碎碎地裂开了。

他们的生命好像朝露从草上消失着一样，很快地就消灭了。

三郎和他的父亲把他们的死尸埋葬在"上野之原"的这个荒野中。

六　漂流

那残酷的横山想道，既然把女儿的丈夫杀害了之后，当然不能够让他的女儿活着的。因此，他觉得不得不命令他的忠仆鬼王和鬼次，他们是兄弟，把他的女儿带到相模的大海中去，然后在那儿把她投下水里。

这两个兄弟，晓得他们的主人是太过铁石心肠，劝说也没有用处，只好顺从了他的命令，没有别的办法。于是他们到那不幸的小姐那儿，对她说明了他们被派来的目的。

照手姬听到了她父亲的这种残酷的决心，非常地骇愕，起先竟以为这完全是一个梦，热诚祈祷快从这噩梦里醒过来。

停一刻她说道："在我的一生中，我绝对没有明知而故犯着什么罪……但无论我的身上会发生什么事情也不要紧，只是我的丈夫去拜访了我的父亲以后，不晓得变成怎样了，却是我很想知道的哦。"

"我们的主人，"那两个兄弟答道，"自晓得你们两个人没有得到他的正当许可而互相结合了以后，便非常地愤怒，立刻把那位青年公子毒害了，这是依着你的兄弟三郎所阴谋的计策的。"

于是照手姬更加骇愕起来，便诅咒她那残酷的父亲，这是很正当的。

但她并没有时间来悲叹她的不幸。因为鬼王和他的兄弟马上就把她的衣服脱下，将她赤裸裸的身体捆在一张草席中了。

当夜间这只可怜的包裹被搬出家屋去的时候，照手姬和她的侍女们互相对泣着和悲叹着告别了。

鬼王和鬼次两个兄弟载着这个可怜的行李划到远远的海中去。但当他们没有看见别人的时候，鬼次便对他的哥哥鬼王说，他们还是尽力把他们的青年太太救了的好些。

对于这个提议，哥哥一点不踌躇地表示同意了。于是他们便开始想出救她的方法。

正在这个时候，一只空独木舟顺着潮流漂近他们来了。

这位夫人马上被放在那独木舟的里面了。两个兄弟喊道："这真是一回幸运的事哦。"于是对他们的女主人告别，划回去见他们的主人。

七　赖姬

那独木舟载着可怜的照手姬，凭着波浪漂来漂去，漂了七日七夜，在这个时间，是遇着了许多的风和雨的。但最后，这独木舟被在直江附近钓鱼的一些渔夫发现了。

但他们想这个美女一定是那个使几日几夜连连地起暴风雨的妖精。所以若是没有了一个住在直江的人保护了她的话，她一定是被他们的桡杀死了的。

这个保护她的人，名叫村上太夫，他决心养这个公主当为他的女儿，因为他自己没有儿子好做他的后嗣。

因此他带她回家去，把她命名为赖姬，款待她非常地和善，竟至于使他的妻对养女生起嫉妒来，因之在她的丈夫不在家的时候，便时时很残酷对待她了。

但看到赖姬并没有自己想出去的样子，那坏心肠的妇人更加发怒了，便开始计谋着一些永远除掉她的手段来了。

恰好在这时候，一条拐卖人口的船偶然泊在港的附近。不待说那个赖姬是暗暗地被卖给这些人肉商人去了。

八　成为女仆

受了这个灾难之后，这不幸的公主转来转去地经过了七十五个主人。她最后的买主是一位名叫万屋长兵卫、在美浓国以一家大娼寮的老板出名的人。

照手姬最初被带到这个新主人的面前来的时候，她对他柔和地说话，并且请求他原谅她不晓得什么礼貌举止。长兵卫叫她对他说明她的事情、她的故乡和她的家族情形来。

但照手姬想就是故乡的名，说出来也是不大妙的，因为恐防她或许要被强迫着把她的丈夫被父亲毒杀了的事情都告诉了出来。

因此，她决心只要答应着说她的生地是常陆国。因为在说自己是属于那个小栗判官——他的爱人常住着的国土的人的中间，她会感着一种悲愁的快乐。

她说："我是在常陆国生下来的。但我的身家是太过微贱，连名字都没有。所以我请你替我取个相当的名好吗？"

于是照手姬便被命名为常陆的小萩，而且被吩咐应该忠实地替她的主人做生意。

但是这个命令她拒绝服从了，她说无论怎样卑贱和辛苦的工作给她，她也愿意做，可是做婊子她是绝对不来的。

"那么，"长兵卫发脾气地喊出来，"你每天的工作就是这样——

"须得喂养一切的马，那有着一百匹之多，是关在马栏里的。又须得在用饭时侍候这屋里的一切人。

"须得替这屋里的三十六个娼妓梳头，照着每个人显得出好看的样子梳；又须得把缠绕着大麻索的捆填满七个箱子。

"同时每天须得把七个灶生好了火，又须得从山中的一个泉源挑水回来，那泉源离此地有半英里路之远。"

照手姬晓得无论她或是什么活着的人，绝不能够把这个残酷的主人给她的工作全部做好，于是她悲泣着自己的不幸。

但她马上便觉得哭泣是不能够帮助她一些什么的。因此，她拭干她的眼泪，勇敢地决心尽着自己的能力做下，便把腰围穿上，把衣袖拉到后面，开始喂马匹去了。

神佛的大慈悲是不能够被理解的，但这却是事实：当她喂养着第一匹马的时候，其余一切的马，因神明的灵感，也同时全都被喂养着了。

而且这个不可思议的奇迹，在她伺候全家的人们吃饭的时候，在她替姑娘们梳头发的时候，在她缠绕着麻索的时候，在她去点燃炉灶中的火的时候，也同样地发生了。

但最悲惨的就是看到照手姬，肩上挑着水桶，自远的泉源那儿去挑水的情状。

当她看到了那反映在满满地贮着水的水桶里的自己的脸影变得那么厉害的时候，她实在很悲惨地哭起来了。

但是一想起那给了她非常恐怖的残酷的长兵卫，她便又赶快挑着回那可怕的住址去了。

可是不久这个娼寮老板开始发现着他这个新来的女婢不是一个寻常的女子，便大大地对她表示和善的态度起来。

九　拉车

我现在应该转过来说兼氏到底变成怎样了。

加贺美藤泽寺的一位远近知名的游方上人，不绝地在日本的各国旅行着，传布佛教。有一天他偶然从"上野之原"的荒野上经过。

他在那儿看到许多的乌鸦和鸢鸟在一个坟墓的周围飞翔着。他走近前去，看到一个好像没有手没有足的无名的怪物在一堆破碎的墓石中间蠕动着，非常地骇愕了。

后来他想起古时的传说来了，那是说凡在这个世上，那注定的寿命还没有完满之前被杀害了的人，便会变成那被称为"饿鬼阿弥"的形状而再现或是苏生。

于是他想,在他面前的这个怪物,一定是那些不幸的灵魂之一。他的慈悲心便起了一种愿望,想把这个怪物带到熊野寺的温泉去,使它在那儿得以恢复从前的人形。

因此,他便替这个"饿鬼阿弥"做了一辆车,把它放进车里头,而且在它的胸前绑着一块木牌,木牌上用大字记述着。

记述着的文字是这样:

请可怜这个不幸的生物。在它的旅程中帮它使到熊野寺的温泉去吧。

谁肯拉着车上绑着的绳把这个车拖,即使是只拖了一些些的路程,也将受着很大的福运的报应。

只拉这辆车走一步,便等于供养一千个和尚的功德;拉它走两步,便等于供养一万个和尚的功德。

而拉它走三步的人,则他的功德将可以使他的一切死了的亲族——父亲,母亲或是丈夫——走上成佛的道路。

这样一来,从这条道路经过的旅人们,便马上都怜悯着这个不成形的东西。有的把这个车拉几里之远,有的则十分慈悲,竟大家在一起连连地把它拉几天。

于是,过了很久的日子,在车中的这个"饿鬼阿弥",

竟到万屋长兵卫的娼寮前面来了。常陆的小萩看到了它,大大地受着那记述文字的感动。

这时候她突然起了一个心愿,想拉这个车,只要一天的工夫也好,因此慈悲的行为,她可以替她的已死的丈夫做些功德,便恳求了她的主人给她三天的休假,好让她拉这个车去。

但她的请求说是为着她的双亲的,因为她不敢说为着她的丈夫,恐怕若是主人晓得实情,会变得非常愤怒。

长兵卫起初不肯,声色俱厉地说因为她从前不服从他的命令,所以即使只是一小时工夫,也不准她离开这个家屋的。

但小萩对他说:"看呀,主人!当天气变冷的时候,雄鸡也走入它们的巢窠中去,小鸟也躲入深林里。人也是一样,在患灾难的时候是要躲到慈悲的避难所去的。

"的确是因为晓得你是一个慈善的人,所以这个'饿鬼阿弥'才暂时停止在这个家的墙垣外面哦。

"我和你誓约好了,若是你现在肯答应我三天的自由,将来如果必要为着主人或主妇你们,我连牺牲了我的生命也愿意的。"

因此,那鄙吝的长兵卫终于被说服答应了她的请求。而他的妻更欢喜在被许可的日期之上,再加了两天的自由给她。这样,小萩一共便有了五天自由的工夫,非常欢喜,马上开始她的可怕的工作了。

历尽了许多辛苦,经过不破之关、牟沙、番场、醒之井、大野和末永山巅之后,她便拉到那有名的大津城,一共费了三天的工夫。

到这儿的时候她晓得非离开这个车不可了，因为她要回到美浓国去须得费两天的工夫。

在到大津城的这个长途的旅行中间，可以娱乐她的眼睛和耳朵的，只是在路旁开着的野生的美丽的百合花，云雀、山雀和一切的春鸟在树上唱歌的声音及在种稻的农妇、村姑的歌声罢了。

但是这些光景和声音，只能够使她欢慰一时而已。因为它们大都是要使她梦想到过去的日子，而使她想起目前所处的绝境，给她苦痛的。

虽然为着整整三天的辛苦的劳动非常地疲乏了，但她却不到旅馆去歇宿。她那一晚上，就在这个翌日不得不离开的不知名的东西的旁边过了。

"我常常听人家说，"她独自暗暗地想，"'饿鬼阿弥'是属于冥界的一种生物。那么，这个怪物或许会知道我那死了的丈夫的一些情形了。

"哦，假使这个'饿鬼阿弥'能够听或是看便好呀！那么，我便可以用嘴说或用笔写来问它一些关于兼氏的情形了。"

在罩着雾的附近的山上黎明了的时候，小萩到别个地方去找墨砚和毛笔。找着了她马上就回到放着车的这个地方来。

然后，她用毛笔，在那紧紧绑在"饿鬼阿弥"胸上的木牌的文字下面写了这样的话：

将来你恢复原形而能够回你的故乡的时候，恳请你到美浓国的奥巴加市，来访万屋长兵卫的女婢，常陆的小萩。

因为我为着你，好不容易才请到了五天的假，而花费了三天工夫把你的车拉到此地来。能够再和这样的人晤会到，在我是一回非常欢幸的事。

于是她辞别了那"饿鬼阿弥"，赶回她的住址去，虽然是很不忍这样地舍弃这个车独在那儿。

一〇　复活

到头这个"饿鬼阿弥"被运到那有名的熊野权现寺的温泉去，而且，因为怜悯它的情状的一些有慈悲心的人们的帮助，便得到每天体验着温泉浴治疗的效果了。

只过了一星期，温泉浴的效果便使眼睛、鼻子、耳朵和嘴再现了；过了十四天之后，四肢便完全再形成了；过了二十一天，那无名的怪物竟完全地变成为真正的小栗判官兼氏，那样子的漂亮就和往年完全一模一样。

这个不可思议的转变完成了的时候，兼氏环视着自己的周围的景象，非常错愕起来，不晓得他到底在何时怎样地被带到这个生疏的地方来。

但是因为熊野的神佛的英灵，事物这样地被注定下来，复活的兼氏得以平安地回到京都的二条的自己家中去了。他的双亲——兼氏阁下和他的妻，非常快乐地欢迎了他。

后来尊贵的皇帝听到了这一切的消息，想自己的臣民中，竟有一个人在死了三年之后，会这样地复活过来，真是一回不可思议的事情。

因此，他不但是喜欢赦免了判官因之而被放逐的罪过，而且举他起来做管辖常陆、相模和美浓三国的公卿了。

一一　会面

有一天，小栗判官辞别他的住家，到他被任命去管辖的国里去巡察了。到了美浓的时候，他决心去访问常陆的小萩，以感谢她从前对他的非常的恩惠。

因此他歇在万屋的家里，被引导到一间最精致的客室去，那里面用金色的屏风，用中国的绒毯，用印度的垂帘，和其他一切贵重的珍奇的物品，装饰得异常堂皇美丽。

当兼氏命令把常陆的小萩带来的时候，他得到的答复是：她只是个最卑贱的女婢，而且太过肮脏，不好在他的面前参见的。但他一点都不管这些话，只命令着马上把她带来，凭她怎样肮脏也不要紧。

因此，小萩虽然很不愿意，终于不得不来见阁下，而当她最初从屏风后看见了他的时候，因他非常地像判官的样子，便大大地吃惊了。

小栗这时候叫她说出真名来，但小萩拒绝，说道："若是我不说出我的真名，便不可以伺候阁下的酒，那么我只好从阁下的面前引退。"

但当她正要辞退的时候，判官便呼住她说道："不，请等一会儿。我有很相当的理由问你的真名字哦，因为其实，我便是去年你那么慈悲地拉到大津去的那个车中的'饿鬼阿弥'呀。"

说完了这些话，他拿出小萩在上面写过字的那块木牌来。

于是，她非常地受着感动，说道："啊，我看到你这样地复归原形真是欢慰。那么我现在便愿意把我一切的历史说给你听。只是希望你哦，阁下大人，你肯不肯说些冥界的情形给我听，你从那儿回来了。但是啊！我的丈夫现在正住在那里。

"我是（提起往日的事情我便伤心）住在相模国"索巴"地方的横山长者的独生女，我的名字是照手姬。

"我记得很清楚啊！我在三年前结了婚，和一位身份高贵的名人，他的名叫小栗判官兼氏，住在常陆国。但我的丈夫被我的父亲毒死了，这是他自己的第三个儿子三郎唆使了他的。

"而我自己则受了他的刑罚，要把我投下相模的海中去。但因为我父亲的忠仆鬼王和鬼次的救助，我才不至于死而活到了现在。"

这时判官阁下说道："照手呀，你现在目前看到的便是你的丈夫兼氏哦。我虽和侍从一齐被杀了，但我的命是注定着还须活得很长久的。

"后来我被藤泽寺的得道的和尚所救，给我备办了一辆车子，于是我便被许多慈善的人们拉到熊野的温泉去，在那儿我就回复了我原有的健康和形状了。现在我是被举做三个国的管辖者，我能够得到我所欲的一切东西。"

听到了这个故事，照手姬几乎不能够相信这一切不全都是一个梦，喜极而哭了。于是她说："啊！自从离别了你以后，什么苦我没有吃过呢！

"一连七日七夜，我在一只独木舟中，在海上漂来漂去。后来在直江湾中又遇了非常的危险，被一个名叫村上太夫的慈善的人救了。

"从那以后，我被卖来卖去，一共被转卖七十五次之多。而最后便被卖到这个地方来，在这儿我只因为拒绝了当婊子，便受着一切的辛苦拖磨。这便是为什么你现在会看到我这样可怜的样相的缘故哦。"

兼氏听到非人的长兵卫做这种残酷的行为，非常地愤怒，想马上就把他杀死。

但照手姬恳求她的丈夫赦免了他的一死，以履行她从前对长兵卫之约——那是说，若是长兵卫许可她有五天自由的工夫，好让她去拉"饿鬼阿弥"的车子，将来在必要时，为着他和他的妻，就是牺牲了她自己的生命她也愿意的。

对此，长兵卫真是非常地感激了；他把他的马房中那一百匹的马送给判官，把他家里的三十六个姑娘送给照手姬做女婢，以当谢礼。

于是照手姬相当地装束着，和阁下兼氏一道起身，满心欢喜地赴相模国的旅程去了。

一二　惩罚

这是相模国的"索巴"郡，照手姬的故乡：这个地方是使她回忆了好多美丽的和悲哀的思想的啊！

而且这个地方也住着横山和他的儿子，他是毒杀了阁下兼氏的人。

因此，三郎，第三个儿子，被带到户冢之原的荒野去，在那儿处刑了。

但是横山长者，虽然他是那么坏过，却没有受处罚；因为，双亲无论怎样坏，在他们的儿女总归是像日头和月亮一样应该尊敬的。得到了这个通告的时候，横山便非常地忏悔他从前所做过的事情。

鬼王和鬼次两个兄弟，因为救了照手姬逃出相模港，被赏赐了许多礼物。

像这样地，善人终归荣显，恶人终归破灭了。

富贵和幸福地，小栗判官和照手姬两人一齐回到都城去，在二条家住着，他们的团圆恰如春天的花那样美丽。

"恭喜！恭喜！"

青菜店老板的女儿阿七的俗谣

秋天的鹿被那像是它们的伴侣的啼声的笛音所诱惑,走入猎人的弓矢所能达到的地方去,因此就被杀了。

几乎和此同样的情形,在江户地方最标致的五个姑娘中的一个,她的美貌恰像樱花似的迷住了全都的人,就在被恋爱所迷的那一瞬间,把她的生命送掉了。

她做过了蠢事之后,被捉到江户城的市长的面前去,那时高级的官长问她道:"你是不是青菜店老板的女儿阿七?你年纪这么轻,为什么就会犯着这样可怕的放火罪?"

阿七泣着和搓着她的两手,答应道:"实在的,这是我曾经犯过的唯一的罪。而我所以犯这个罪,并没有什么特别的理由,不过就是为着这样罢了——

"从前有一次,在大火灾的时候——那是几乎把江户城全部烧毁了的一场火灾——我们的家屋也被烧毁了。那时候我们

小泉八云

三个人——我的父母和我——不晓得到什么别的地方去,便走到一座佛寺里避难,留在那儿等待我们的房子再建好。

"牵引着两个青年人互相接近的命运,实在是很难解的一回事!……在那座寺里有一位年轻的侍僧,于是我们的中间便发生了爱情。

"我们在秘密里相会着,约定永远不互相抛弃;又互相从小指的小割伤口吮着血赌咒,互相交换着盟誓,说我们须得永远互相爱。

"在我们的枕头还没有一定之前,①我们在本乡的新房子便已经筑好在那儿等我们搬进去了。

"但从我和那盟誓两世相爱的吉三君告着悲哀的离别之后,就是他来了书信,我的心也不会稍微安慰。

"晚上独自在床中的时候,我常是想来想去,到头有一晚我竟精神迷乱地想起了把房子放火的这个可怕的事情来了,因为这是我能够再会到我那个美丽可爱的人的唯一手段。

"于是,在一晚上,我拿着一束干草,里面放着一些生了火的炭屑,便把这个草捆暗暗地放在房子后面的一个小棚里了。

"火烧起来了,周围起了一个大混乱,而我便被捉到这儿来——哦!这是好可怕的事情哟!

---

① 这个奇怪的表现法,是起源于恋人们"交换枕头"的这句日本话。在黑暗里,日本式的小木枕很容易互相换错。所以,"枕头还没有一定之前",大概是说两个爱人还是仍旧在夜间暗暗地相会着的意思。

"我绝对地、绝对地不再犯这样的罪。但不管怎么样，哦，请救救我吧，大人！哦，请可怜我呀！"

啊！这个单纯的辩明！……但她的年纪如何呢？不是十二岁吗？不是十三岁吗？不是十四岁吗？十四岁之后便是十五岁。啊，她是十五岁了，那是不能够被宽恕的哦！

由此，阿七便照着法律被宣判了。但她起先被绑在一根坚牢的柱上，被暴露在那称为日本桥的桥上七天以示众。啊！好可怜的一个情状啊！

她的叔母们和从兄弟们，甚至家里的仆人麦古来和角助，都常常要绞着他们的衣袖，因为他们的衣袖是那么被眼泪湿透的哦。

但是，因为这个罪是不能够被赦免的，阿七终于被绑在四根柱上，薪柴被点燃了，火焰冲起来！……而可怜的阿七在那火焰的中央！